论语

知书◎编译

台海出版社

图书在版编目（CIP）数据

论语 / 知书编译. -- 北京：台海出版社, 2020.8
ISBN 978-7-5168-2609-6

Ⅰ.①论… Ⅱ.①知… Ⅲ.①儒家②《论语》—译文
Ⅳ.① B222.24

中国版本图书馆CIP数据核字（2020）第086332号

论语

编　　译：知　书

出 版 人：蔡　旭　　　　　　封面设计：尚上文化
责任编辑：徐　玥

出版发行：台海出版社
地　　址：北京市东城区景山东街 20 号　　邮政编码：100009
电　　话：010-64041652（发行，邮购）
传　　真：010-84045799（总编室）
网　　址：www.taimeng.org.cn/thcbs/default.htm
E - mail：thcbs@126.com

经　　销：全国各地新华书店
印　　刷：三河市骏杰印刷有限公司
本书如有破损、缺页、装订错误，请与本社联系调换

开　　本：880mm×1230mm　　　　1/32
字　　数：184 千字　　　　　　印　　张：8
版　　次：2020 年 8 月第 1 版　　印　　次：2020 年 8 月第 1 次印刷
书　　号：ISBN 978-7-5168-2609-6

定　　价：49.80 元

前　言

　　《论语》一书，乃孔夫子与弟子讲学之语录，着笔始于春秋末期，编辑成书在战国初期。辑录者有孔了弟了以及再传弟子。

　　《论语》共 20 篇，492 章，其中记录孔子与弟子及时人谈论之语 444 章，记孔门弟子相互谈论之语 48 章。注重修身学道，并以立人格、知天命为学道之本。反映了孔子的政治思想、学术思想和教育思想，是儒家最重要的经典，也是研究孔子学说最重要的文献。

　　孔子，名丘，字仲尼（公元前 551 年～前 479 年），后世尊称为孔子。春秋鲁国陬邑（今山东曲阜）人。先祖为商后宋国贵族。孔子在鲁曾任相礼（司仪）、委吏（管理粮仓）、司职吏（管理畜养），鲁定公时任中都宰、司寇，因不满鲁国执政季桓子所为，周游卫、宋、陈、蔡、楚列国，但不为时君所用。遂归鲁著书讲学，编订整理《诗》《书》《易》《礼》《乐》《春秋》等文化典籍。门下弟子三千，七十二贤。

　　孔子享寿 73 岁，葬于曲阜城北泗水边上（今孔林所在地）。弟子服心丧三年，子贡守墓六年。孔子儿子名鲤，字伯鱼。伯鱼生伋，字子思，著《中庸》。

孔子是我国古代伟大的思想家、教育家、政治家，儒家学派创始人，世界著名的文化名人之一。儒家学问是对古圣先王文化道统的传承和发扬光大，孔子一生"祖述尧舜，宪章文武"，"述而不作，信而好古"，推行仁道，希望能建立大同之治，"人不独亲其亲，不独子其子，使老有所终，壮有所用，幼有所长，鳏寡孤独废疾者皆有所养"。后世历朝尊奉孔子为"至圣先师""万世师表""文宣王"。孔子的言行思想主要载于《论语》和《史记·孔子世家》。后人有"天不生仲尼，万古如长夜"的赞誉和"德侔天地，道观古今，删述六经，垂宪万世"的推崇，是对一代圣人一生最好的评价。

《论语》成书的时期正值礼崩乐坏的东周乱世，社会无序，天子失位，五霸僭越，诸侯兼并，臣弑其君、家臣弑大夫的情况时有发生。孔子目睹当时社会乱象，叹曰："大道之行也，与三代之英，丘未之逮也。"对选贤与能、讲信修睦、天下为公的上古（尧、舜、禹）时代，很是向往。孔子一生都致力于恢复先王之道，希望通过克己复礼、敬天爱民、广行仁政的教化，实现政治清明、经济繁荣、人民安乐、社会和谐的礼乐文明。

宋人罗大经《鹤林玉露》卷七记载：宋初宰相赵普，人言所读仅只《论语》而已。当太宗赵匡胤问及时，他说："臣平生所知，诚不出此，昔以其半辅太祖定天下，今欲以其半辅陛下致太平。"足见其在现实生活中的实用价值。

　　此本《论语》注译本，注释部分主要参考的是李炳南老先生的《论语讲要》一书，且多有引用。在近人对于《论语》的研究中，此书堪称集大成之作，值得学习。至于白话语译，虽经反复修改润色，也只能作为大家学习《论语》的参考。若要深入学习，还需参照注释，反复读诵，并在生活中身体力行，方能受用。

　　至于读论之法，宋代大儒程子曰："今人不会读书。如读论语，未读时，是此等人，读了后又只是此等人，便是不曾读。"意在强调读书重在变化气质，虚心涵泳，内化成自己的人格，才有读《论语》的真实受用。所谓"学而时习之，不亦说乎"！

　　程子曰："学者须将论语中诸弟子问处便作自己问，圣人答处便作今日耳闻，自然有得。虽孔孟复生，不过以此教人。若能于语、孟中深求玩味，将来涵养成甚生气质！"古人特别着重于"学问贵在变化气质"，而实现气质的变化，要"先跳进去"然后"再出来"，即在学习中要把教材当作剧本，自己则成为剧中主角，不仅读诵受持，更主要的是为人演说。"经典就是生活"，真正学习经典，应当有一种承传文化的责任感和使命感，而不是谈玄说妙，它不仅仅是圣贤人的生活，也可以是我们的生活。要让大家看到圣贤文化是我们的指路明灯，生起对圣贤经典的信心。

　　"为天地立心，为生民立命，为往圣继绝学，为万世开太平"，从我辈学人知行合一、解行相应、演绎经典做起。

目录

学而第一

一　子①曰："学而时习之，不亦说乎②？有朋自远方来，不亦乐乎？人不知而不愠，不亦君子乎？"③

【注释】①子：子，古时男子之美称，此称孔夫子。②学而时习之，不亦说乎：学即是学做人之道，初学为士人，以至学为圣人，皆不离学。时乃时常，习乃练习，说即悦。时常练习，所学有成，故喜悦。③人不知而不愠，不亦君子乎：学在自己，用由天命，学成而人不知，不得其用，天命也，君子何愠之有，故曰不愠。

【译文】孔子说："学习圣贤之道，又能够时时实践、落实，岂不是很令人喜悦吗？有志同道合的朋友从远方来，岂不是很快乐吗？当自己的道德学问有成就时，即使旁人不知道，心里也没有丝毫怨恨，这不正是一个君子的风范吗？"

二　有子①曰："其为人也孝弟②，而好犯上者，鲜矣。不好犯上，而好作乱者，未之有也。君子务本，本立而道生。孝弟也者，其为仁之本与！"

【注释】①有子：孔子弟子，名若。②孝弟：弟同"悌"。善事父母为孝，善事兄长为弟。人身来自父母，兄弟情同手足，故须孝弟。

【译文】有子说："做人孝顺父母、顺从兄长，而喜好触犯上级，这样的人是很少见的。不喜好触犯上级，而喜好悖逆作乱的人是没有的。君子专心致力于根本的事务，根本建立了，治国做人的原则也就有了。孝顺父母、顺从兄长，这就是仁的根本啊！"

三　子曰："巧言令色，鲜矣仁。"①

【注释】①巧言令色，鲜矣仁：巧言，善于辞令。令色，以容貌悦人。仁由本性而来。仁，二人。人与人相处，须讲厚道。鲜仁，是少仁。巧言令色之人，仁厚既少，与言道德更难。学仁者多于此处省之。

【译文】孔子说："花言巧语，装出和颜悦色的样子，这种人的仁爱之心就很少了。"

四　曾子①曰："吾日三省吾身：为人谋而不忠乎？与朋友交而不信乎？传不习乎？"

【注释】①曾子：孔子弟子，姓曾，名参，字子舆。

【译文】曾子说："我每天多次反省自己：为别人办事是不是尽心竭力了呢？同朋友交往是不是做到诚实守信了呢？老师

传授给我的学问是不是勤于实践，内化于心了呢？"

五　子曰："道千乘之国，敬事而信，节用而爱人，使民以时。"

【译文】孔子说："治理一个拥有千辆兵车的国家，要严谨认真地办理公务而又恪守信用、诚实无欺，节约财政开支而又爱护官吏臣僚，役使百姓要不误农时。"

六　子曰："弟子①入则孝②，出则弟③，谨而信，泛爱众，而亲仁。行有余力，则以学文。"

【注释】①弟子：求学之人，学必有师，故称弟子。②入则孝：此说在家庭必须孝养父母，身心俱安，而养心尤为重要，贫士菽水承欢，即是尽孝。③出则弟：弟亦作悌。读替音，又读第音。出外求学，或作他事，则行弟道。皇疏："善兄为悌。"邢疏："弟，顺也。"在家能孝，自能善事兄长，敬顺兄长，以顺亲心。是谓之弟。出外，推此事兄之道，以待年长于己者是为出则弟。

【译文】孔子说："弟子们在家要孝顺父母，出门在外要尊敬长辈，要谨言慎行，恪守诚信，要博爱大众，亲近有仁德的人。这样躬行实践之后，还有余力的话，就再去学习古人遗留下来的经典。"

七 子夏①曰:"贤贤易色②,事父母能竭其力,事君能致其身,与朋友交言而有信,虽曰未学,吾必谓之学矣。"

【注释】①子夏:孔子弟子,姓卜,名商。②贤贤易色:贤贤,上贤字作贵重讲,下贤字作贤德讲。易色,易作轻字讲,色是美色。此明夫妇之伦。夫妇重德不重色,以正人伦之始。

【译文】子夏说:"一个人能敬重贤德,轻视美色,侍奉父母能尽心尽力,服侍君主时能不遗余力,和朋友交往能做到诚信不欺,这样的人,纵使他谦虚地说自己没有学识,我也必定认为他懂得真正的学问。"

八 子曰:"君子不重则不威①,学则不固。主忠信,无友不如己者,过则勿惮改。"

【注释】①不重则不威:重者,庄重。威,是威仪。君子不庄重,则无威仪。

【译文】孔子说:"一个君子,如果不庄重就没有威仪,虽有所学,也必定不达于礼。应当亲近忠信之人,以之为师,不要和道德修养与自己不同的人为友。如发现自己有了过失,不要害怕去改。"

九 曾子曰:"慎终追远,民德归厚矣。"

【译文】曾子说:"对于亲人过世时的丧葬事宜守礼尽哀,

对于亡故很久的祖先仍然不断地祭祀怀念，则民风必然趋向淳厚善良！"

十　子禽①问于子贡②曰："夫子至于是邦也，必闻其政，求之与？抑与之与？"子贡曰："夫子温、良、恭、俭、让以得之。夫子之求之也，其诸异乎人之求之与？"

【注释】①子禽：弟子陈亢也。②子贡：姓端木，名賜。

【译文】子禽问子贡说："夫子每到一个国家，必定得悉这个国家的政事。这是他自己探求所得，还是靠别人告诉他的呢？"子贡说："夫子靠温和、良善、庄敬、节制、谦逊的美德而得悉，他的探求抑或异于别人吧！"

十一　子曰："父在，观其志；父没，观其行。三年无改于父之道，可谓孝矣。"①

【注释】①此章为夫子论孝。父在世，子不得专，但观其心志是否肖父。例如父有善行，则承顺之，有不善行，则几谏之。父殁，子得自专，乃观其行为。居丧三年，哀思犹若父存，不改于父之道。如此可谓孝矣。

【译文】孔子说："当他父亲在世的时候，要观察他的志向；在他父亲死后，要考察他的行为。若是三年不改变他父亲在世时一贯的做法，这样的人可以说是孝顺了。"

十二 有子曰："礼之用，和为贵。^①先王之道，斯为美。小大由之，有所不行。知和而和，不以礼节之，亦不可行也。"

【注释】①礼之用，和为贵：礼，讲规矩，不能乱。但在用时，应当以和为贵。

【译文】有子说："礼在实际运用的时候，要以和为贵。古圣先王传下来的道，以此最美好。（但如果）不论小事大事都是由此而行（但不用和），也会有行不通之处。如果只知道以和为贵，一意孤行地用'和'，不用'礼'来节制，也是不行的。"

十三 有子曰："信近于义，言可复也。^①恭近于礼，远耻辱也。因不失其亲，亦可宗也。"

【注释】①信近于义，言可复也：信，是一个人说话有信用。义，是合宜。复，古注作反复讲。信与义不同，但必须近于义。信由言语表达，信须近于义，则言语可以反复。即反复思维所说的话是否合宜。合宜则守信，不合宜则不必守信。

【译文】有子说："守信接近于义，是因其承诺必践行。恭敬接近于礼，是因其知礼有节，所以可以远离耻辱。如果所依靠的是一个值得亲近的人，那么这个人就值得尊敬效法。"

十四　子曰："君子食无求饱，居无求安，敏于事而慎于言，就有道而正焉①，可谓好学也已。"

【注释】①就有道而正焉：有道，是有道德而学有专长之人。君子所学如有疑问，则去请问有道德、有专学的人，求其指正。

【译文】孔子说："君子不强求饮食温饱，不强求居处安逸，做事敏捷，出言谨慎，又能常向有道德学问的人请益，以修正自己的行为，能这样子，可以算是好学了。"

十五　子贡曰："贫而无谄，富而无骄①，何如？"子曰："可也，未若贫而乐、富而好礼者也②。"子贡曰：《诗》云'如切如磋，如琢如磨'，其斯之谓与？"子曰："赐也，始可与言《诗》已矣，告诸往而知来者。"

【注释】①贫而无谄，富而无骄：人虽贫穷，而无谄求；人虽富有，而不骄傲。②未若贫而乐、富而好礼者也：谄无骄虽可，但不如乐道好礼。贫而乐道，如颜子箪食瓢饮，不改其乐。这比无谄更好。富而好礼，则能以恭敬待人，虽对贫贱之人亦能待之以恭敬，这比不骄更好。

【译文】子贡（向夫子请教）说："贫穷却不谄媚，富有却不骄傲，这样的人，老师以为如何呢？"孔子回答说："可以了，但不如贫穷而乐道、富贵而好礼的人啊！"子贡说："《诗经》上说'要像加工玉器、象牙一样，切磋它，琢磨它'，讲的就是这个意思吧?"孔子说:"赐呀,从此可以和你谈《诗经》了,告诉你以往的事,你就能推知未来的事。"

十六 子曰:"不患人之不己知,患不知人也。①"

【注释】①不患人之不己知,患不知人也:患不患是忧患。不患人不知我,但患我不能知人。学为君子,有道而人不知,道不能行,属于天命,无可忧患。若我不能知人,实为大患。为领袖者不得贤才,求学者不得良师益友,以其贤愚莫辨之故,是以为患。

【译文】孔子说:"不必忧虑别人不知道我,应该忧虑我不能了解别人。"

为政第二

一　子曰："为政以德，譬如北辰，居其所，而众星共之。"

【译文】孔子说："为政者勤于修德，就会像北极星那样，自己居于一定的方位，而群星都会环绕在它的周围。"

二　子曰："诗三百，一言以蔽之，曰：'思无邪①。'"

【注释】①思无邪：这是《诗经·鲁颂·驷》的一句诗。孔子引来总括三百篇诗的意义。《驷》篇思无邪，就是无虚。依此解释，三百篇诗的本义，都是真情流露之作。

【译文】孔子说："《诗经》三百篇，可用一句诗来概括，就是'思无邪'。"

三　子曰："道之以政，齐之以刑，民免而无耻。道之以德，齐之以礼，有耻且格①。"

【注释】①道之以德，齐之以礼，有耻且格：以道德导民，如有人民不从政令者，则以礼整饬之。如此，所得的效果，便是人民有耻且格。

【译文】孔子说："用政治来领导人民，用刑罚来管理人民，这样子做，人民只会苟且服从以免于刑罚，不会想到所做是不是可耻。用德行来教化人民，用礼来规范人民，人民不但守法知耻，而且能改过向善。"

四 子曰："吾十有五而志于学①，三十而立，四十而不惑，五十而知天命，六十而耳顺，七十而从心所欲，不逾矩。"

【注释】①吾十有五而志于学：有字，音义皆同又字。十有五，就是十又五，语体就是十五。志就是心之所之，也就是一心趣向之意。志于学，就是专心求学。孔子在童年，即知求学。此处孔子自述十五岁志于学，十五是成童之岁，心志坚明，故自十五始志于学。

【译文】孔子说："我十五岁时立志求学；三十岁时能运用所学的道理以立身行事，不为外界动摇；四十岁时能通达一切事理，没有疑惑；五十岁时能知道什么是天命；六十岁时凡所听到的都能明白贯通，心里不再有起伏不平；七十岁时能随顺心里所想的去做，一切自然，而不会逾越规矩法度。"

五 孟懿子问孝。子曰："无违。"樊迟御，子告之曰："孟孙问孝于我，我对曰：'无违。'"樊迟曰："何谓也？"子曰："生，事之以礼。死，葬之以礼，祭之以礼^①。"

【注释】①死，葬之以礼，祭之以礼：父母去世时，以礼办理丧葬之事。如棺椁、墓地等，都要合乎礼制。丧毕则祭，祭祀时所用的祭品，皆有礼制。

【译文】孟懿子向老师请教孝道。孔子说："不要违逆。"一日樊迟为夫子驾车，孔子告诉他说："孟孙问我孝道，我回答：'不要违逆。'"樊迟说："这是什么意思呢？"孔子说："父母在世时，做儿女的应当依礼来奉侍。父母过世了，要依礼安葬，依礼祭祀。"

六 孟武伯^①问孝。子曰："父母唯其疾之忧^②。"

【注释】①孟武伯：孟武伯是孟懿子之长子，名彘，武是谥号。②父母唯其疾之忧：唯其的其字，是指子而言。子事父母，不能使父母为子忧愁。唯子有疾病时，父母忧之。其余一切不能使父母忧。

【译文】孟武伯问孝道。孔子说："让父母亲唯独担心的是子女身体上有疾病。"

七 子游^①问孝。子曰："今之孝者，是谓能养。至于犬马，皆能有养。不敬，何以别乎？"

【注释】①子游：弟子，姓言，名偃。

【译文】子游问孝道。孔子说："现在人讲的孝，只是能赡养父母就算尽孝道了。但是狗和马，一样有人养。如果对父母没有恭敬的心，养父母跟养狗、养马又有什么分别？"

八　子夏问孝。子曰："色难。有事，弟子服其劳，有酒食，先生馔，曾是以为孝乎？①"

【注释】①孔子说"色难"之后，举例说。老师有事，弟子代劳。有酒、有食，弟子奉请老师饮之食之。弟子事师如此，如果人子事亲，也是如此，乃是以为孝乎？

【译文】子夏问孝道。孔子说："侍奉父母，难在永远保持和颜悦色。有事时，由年轻人负责服务操劳，有了酒食，先为长者陈设，请长者先吃，这样就算是孝了吗？"

九　子曰："吾与回①言终日，不违，如愚。退而省其私，亦足以发。回也不愚。"

【注释】①回：孔子弟子，姓颜，名回，字子渊，鲁人也。

【译文】孔子说："我和颜回整日谈论，他从来不提反对意见和疑问，好像很愚笨。等他退下之后，我考察他私下的言论，发现他对我所讲授的内容发挥无误，可见颜回并不愚笨。"

十 子曰："视其所以，观其所由，察其所安，人焉廋哉①？人焉廋哉？"

【注释】①人焉廋哉：知人很难，但用以上的方法，即由其人各种事迹去观察，便能知道他是何种人，是君子，是小人，皆能显然，他何能隐匿其实情。

【译文】孔子说："观察一个人，首先要看他平常所做之事，进一步要观察他做事的手段，最后再考察他做完事情后的表现，这样，这个人还能隐瞒什么呢？这个人还能隐瞒什么呢？"

十一 子曰："温故而知新，可以为师矣。①"

【注释】①温故而知新，可以为师矣：温，就是温习。已经读过的书，再加读诵思维，古人叫作温书，也就是温故。尚未读过的书，现在研读，以求了解书中所载的事理，即是知新。温故知新，随时吸收新知，而又研究已得之学。如此好学，可以为人师。

【译文】孔子说："能从温习旧知识当中不断领悟出新的道理来，这样的人，就可以做人的老师了。"

十二 子曰："君子不器①。"

【注释】①器：器皿。君子不器者，君子之学，不像器具那样限于一种功用。而是有大事时，即做大事，有小事时，即做小事。凡有利于大众之事，皆可为之。无论大小事，皆是尽心尽力而为。

【译文】孔子说："君子不应该像一件器具一样只限于一种用途。"

十三　子贡问君子。子曰："先行其言，而后从之。"①

【注释】①子贡问，如何为君子。孔子答："先行其言，而后从之。"此意是说，君子先其言而行，行之而后，其言从之。"从之"的意思，就是言从其行。如此，言行相符，即是君子。

【译文】子贡问老师如何才算是君子。孔子说："先把事情做好，然后照自己所做的去说。"

十四　子曰："君子周而不比，小人比而不周。"

【译文】孔子说："君子一心为公而没有自利之心；小人自私自利，而没有公心。"

十五　子曰："学而不思则罔，思而不学则殆①。"

【注释】①思而不学则殆：何晏注："不学而思，终卒不得，徒使人精神疲殆。"刘氏正义说："殆与怠同。"何注之意，不读书，只凭自己思索，终无所得，徒使人精神疲怠而已。

【译文】孔子说："学习圣贤经典而不精心思考其义理，在运用时就会背离经义，以至诬罔圣人之道；只是一个人冥思苦想而不学圣贤经典，则精神疲惫而终无所得。"

十六 子曰："攻乎异端，斯害也已。"

【译文】孔子说："（一个治学的人）如果偏执一端，不能够执两用中，这是最有害的。"

十七 子曰："由①，诲女知之乎！知之为知之，不知为不知，是知也。"

【注释】①由：孔子弟子，姓仲，名由，字子路。

【译文】孔子说："仲由啊，我教你'知'的道理吧！知道的就说知道，不知道的就说不知道，这才是真正的智者。"

十八 子张①学干禄。子曰："多闻阙疑②，慎言其余，则寡尤；多见阙殆，慎行其余，则寡悔。言寡尤，行寡悔，禄在其中矣。"

【注释】①子张：子张是孔子的弟子，姓颛孙，名师，字子张。②多闻阙疑：学无止境，虽然博学，仍有不能完全了解

之事，此即是疑。有疑可以存而不论，不可妄加论断，是为
阙疑。

【译文】子张要学谋取官职的办法。孔子说："要多听，有
怀疑的先放在一旁不说，其余有把握的，也要谨慎地说出来，
这样就可以少犯错误；要多看，有怀疑的先放在一旁不做，其
余有把握的，也要谨慎地去做，这样就能减少后悔。说话少过
失，做事少后悔，官职俸禄就在其中了。"

十九 哀公问曰："何为则民服？"孔子对曰："举直错诸
枉，则民服；举枉错诸直，则民不服。"①

【注释】①孔子对以举错之道，谓举用正直为公之人，舍
置曲枉自私之人，民受其利，乃服。若举用曲枉，舍置正直，
民受其害，不服。鲁国此时，三家专横，即是举枉错诸直，故
民不服。

【译文】鲁哀公问："怎样才能使民众服从呢？"孔子回答
说："提拔正直为公的人，把邪恶自私的人置于一旁，民众就
会服从了；提拔邪恶自私的人，把正直为公的人置于一旁，民
众就不会服从了。"

二十 季康子问："使民敬、忠以劝，如之何？"子曰："临
之以庄，则敬；孝慈，则忠；举善而教不能，则劝。"①

【注释】①君以庄严面临民众，则能使民敬君。君以孝道

教民，并能以慈待民，则能使民尽忠。君能举用善人，而又教化不能之人，则民自能相劝而善。

【译文】季康子问道："治理国家想要让民众恭敬、尽忠竭力并相互勉励，该怎样去做呢？"孔子说："你对他们庄重有威仪，他们就会尊敬你；你对父母孝顺、对子民慈爱，百姓就会尽忠于你；你选用良才，又教育品行不善的人，百姓就会互相勉励、乐于为善了。"

二十一 或谓孔子曰："子奚不为政？"子曰："《书》云：'孝乎惟孝，友于兄弟。'施于有政，是亦为政，奚其为为政？"

【译文】有人对孔子说："你怎么不从政呢？"孔子回答说："《尚书》上说：'孝就是孝敬父母，友爱兄弟。'施行孝友，即有为政之道，这也就是从政了，又要怎样才能算是从政呢？"

二十二 子曰："人而无信，不知其可也。大车无辄，小车无轨，其何以行之哉？"

【译文】孔子说："一个人不讲信用，这样的人还能做什么呢？就好像大车没有辄、小车没有轨一样，它们靠什么行走呢？"

二十三　子张问："十世可知也？"子曰："殷因于夏礼，所损益可知也；周因于殷礼，所损益可知也。其或继周者，虽百世，可知也。"

【译文】子张问孔子："十代以后的事可以预先知道吗？"孔子回答说："商朝继承了夏朝的礼仪制度，所废除和所增加的内容是可以知道的；周朝又继承商朝的礼仪制度，所废除的和所增加的内容也是可以知道的。如若有谁继承周朝的，就是百代以后的情况，也是可以预先知道的。"

二十四　子曰："非其鬼而祭之，谄也①。见义不为，无勇也。"

【注释】①非其鬼而祭之，谄也：指非自己祖先，不当祭而祭之，是谄媚之举。因为他人祖先有其自己的子孙，不需外人祭祀，亦不会福荫外人。所以祭非其鬼，是谄媚求福。

【译文】孔子说："不是你应该祭的鬼神，你却去祭它，就是谄媚。见到从道义上自己应该做的事情，却不去做，就是没有勇气。"

八佾第三

一　孔子谓季氏："八佾①舞于庭，是可忍也，孰不可忍也！"

【注释】①八佾：佾，音逸，八佾舞，由舞者执羽而舞，以八人为一列，八列则八八六十四人。这是天子祭太庙所用的人数。

【译文】孔子评论季氏说："他用六十四人在自己家庙的庭院中奏乐舞蹈，这样失礼的事都忍心做得出来，还有什么事情是他不可能做的呢？"

二　三家①者以《雍》彻。子曰："'相维辟公，天子穆穆'，奚取于三家之堂？"

【注释】①三家：三家，谓仲孙、叔孙、季孙。仲、叔、季三孙，是鲁国的卿大夫。大夫称家，故称三家。他们是桓公的公子庆父、叔牙、季友之后的子孙，故皆称孙，又称三桓子孙。庆父为庶子之长，故仲孙后改称孟孙。

【译文】孟孙、叔孙、季孙三家在祭祖撤除祭品时，也唱着《雍》这篇诗。孔子说:"《雍》诗所说的'诸侯助祭,天子严肃静穆地在那里主祭',这样的诗句怎么能用在三家的庙堂上呢?"

三　子曰:"人而不仁,如礼何? 人而不仁,如乐何?"

【译文】孔子说:"人如果没有仁爱之心,礼对他来说有什么意义? 又有何用处? 人如果没有仁爱之心,先王的雅乐对他来说有什么意义? 又有何用处?"

四　林放①问礼之本。子曰:"大哉问! 礼,与其奢也,宁俭。丧,与其易也,宁戚。"

【注释】①林放:鲁人。

【译文】林放问礼之根本。孔子说:"你所问的意义十分重大! 依礼而言,与其奢侈浪费,宁可节俭朴素。办理丧葬大事,与其过于注重形式与外表的繁文缛节,宁可内心哀戚些好。"

五　子曰:"夷狄之有君,不如诸夏之亡也。"

【译文】孔子说:"如今野蛮之地都有君臣上下的礼仪,不像中原,早已把君臣礼仪置之度外了。"

六　季氏旅于泰山①。子谓冉有曰："女弗能救与？"对曰："不能。"子曰："呜呼！曾谓泰山不如林放乎？"

【注释】①鲁大夫季孙氏要去祭泰山。泰山是在鲁国与齐国境内的天下名山，为五岳之长。只有天子能祭，以及鲁君、齐君在其境内能祭。季氏只是鲁国的大夫，他也要去祭泰山，这是严重的僭礼。

【译文】季孙氏去祭祀泰山。孔子对冉有说："你不能劝阻他吗？"冉有说："不能。"孔子说："啊呀！难道说泰山神还不如林放知礼吗？"

七　子曰："君子无所争，必也射乎！①揖让而升，下而饮，其争也君子。"

【注释】①君子无所争，必也射乎：此言君子与人无争，若必曰有所争，其为射箭乎。射为六艺之一，自古战阵所必需，平时则有射艺比赛，讲求射礼。

【译文】孔子说："君子不与人争，如果一定要说有，除非是举行射箭比赛（古有射礼）。作揖谦让后登场射箭比武，赛毕下来一起饮酒，这样的竞争才称得上君子风范。"

八　子夏问曰："'巧笑倩兮，美目盼兮，素以为绚兮。'①何谓也？"子曰："绘事后素。"曰："礼后乎？"子曰："起予者商也，始可与言《诗》已矣。”

【注释】①巧笑倩兮，美目盼兮，素以为绚兮：前二句在《诗经·卫风·硕人》第二章，后一句不见于此篇。

【译文】子夏问孔子："'笑得真美丽啊，眼睛真明亮啊，犹如在白绢上绘出绚丽的色彩。'这几句诗是什么意思呢？"孔子说："先以白色打底，再上颜色。"子夏又问："这是不是说礼在忠信之后呢？"孔子说："商啊，你是能启发我的人，现在我们可以讨论《诗经》了。"

九 子曰："夏礼，吾能言之，杞不足征也；^①殷礼，吾能言之，宋不足征也。文献不足故也。足，则吾能征之矣。"

【注释】①夏礼，吾能言之，杞不足征也：夏朝的礼，孔子能说。但须取得证明。然而，为夏朝后代的杞国，不足以为证。

【译文】孔子说："夏朝的礼，我能讲出，（但是它的后代）杞国不足以证明我的话；殷朝的礼，我能讲出，（但是它的后代）宋国不足以证明我的话。这都是因为文字资料和熟悉夏礼、殷礼的贤人不足的缘故。如果这些足够的话，我就能得到证明了。"

十 子曰："禘^①自既灌而往者，吾不欲观之矣。"

【注释】①禘，是天子祭祀宗庙的大祭。

【译文】孔子说："对于行禘礼的仪式，从第一次献酒以后，我就不想看了。"

十一　或问禘之说，子曰："不知也。知其说者之于天下也，其如示诸斯乎！"指其掌。①

【注释】①人问孔子，禘祭之礼，其说何如。孔子先答曰不知，然后伸出手掌，告诉人，谁能知道禘礼之说，谁即对于天下复杂之事，其如示之于此乎。

【译文】有人请教举行禘祭的规定。孔子说："我不知道。知道这种规定的人，对治理天下的事，就会像看清这里一样（容易）吧！"同时指着他的手掌。

十二　祭如在，祭神如神在。①子曰："吾不与祭，如不祭。"

【注释】①祭如在，祭神如神在：无论祭鬼祭神，都要如在。

【译文】祭祀祖先就像祖先真在面前，祭神就像神真在面前。孔子说："我如果不亲自参加祭祀，那就如同没有举行祭祀。"

十三　王孙贾①问曰："'与其媚于奥，宁媚于灶'，何谓也?"子曰："不然。获罪于天，无所祷也。"

【注释】①王孙贾：卫大夫。

【译文】王孙贾问道："人们说'与其奉承奥神，不如奉承灶神'，这是什么意思呢？"孔子说："不是这样的。如果得罪了上天，那就连祷告的地方也没有了。"

十四 子曰："周监于二代，郁郁乎文哉。吾从周。"①

【注释】①周公制礼时，是以夏商二代之礼，加以损益，三代礼文以周礼最为完备。

【译文】孔子说："周朝的礼仪制度借鉴于夏、商二代，是多么丰富完美的典制啊。我遵从周朝的制度。"

十五 子入太庙，每事问。①或曰："孰谓鄹人之子知礼乎？入太庙，每事问。"子闻之，曰："是礼也。"

【注释】①子入太庙，每事问：孔子入周公庙，见庙里的事物，如礼器等，皆问之。

【译文】孔子到了周公庙，事事详问。有人说："谁说鄹人之子懂得礼呀，他到了太庙里，事事都问人。"孔子听后说："这就是礼呀！"

十六 子曰："射不主皮，为力不同科，古之道也。"①

【注释】①周朝有六艺教育，六艺中有射之一艺。

【译文】孔子说："射箭不以穿透皮靶为能，因为各人的力气大小强弱不同。自古以来就是这样。"

十七　子贡欲去告朔之饩羊。子曰："赐也，尔爱其羊，我爱其礼。①"

【注释】①尔爱其羊，我爱其礼：不行告朔礼，只供一饩羊，非为行礼而杀羊，应当去之。这是子贡爱羊之意。孔子则有另一种看法。继续每月供奉饩羊，一般人民尚可由此而知时令。后世之人尚可见此饩羊而知有告朔之礼，得以考据而有所取。是以不去饩羊，其礼尚未全废，饩羊一旦除去，其礼也就完全废弃了，所以孔子说："我爱其礼。"

【译文】子贡提出去掉告祭祖庙用的活羊。孔子说："赐啊，你爱惜的是那只羊，我爱惜的是那种礼啊。"

十八　子曰："事君尽礼，人以为谄也。"

【译文】孔子说："我按照周礼的规定去侍奉君主，别人却把这当成谄媚。"

十九　定公①问："君使臣，臣事君，如之何？"孔子对曰："君使臣以礼，臣事君以忠。"

【注释】①定公，鲁君谥，疏引史记鲁世家说，定公名宋，襄公之子，昭公之弟。

【译文】鲁定公问孔子："君主如何差遣臣子，臣子如何侍奉君主呢？"孔子回答说："君主要按照礼的要求去差遣臣子，臣子要以忠心来侍奉君主。"

二十　子曰："《关雎》，乐而不淫，哀而不伤。"①

【注释】①《诗经》由《国风·周南》开始，《关雎》是《周南》的第一篇诗。

【译文】孔子说："《关雎》一诗，说到乐处而不至于放纵，说到哀处而不至于悲伤。"

二十一　哀公问社于宰我①，宰我对曰："夏后氏以松，殷人以柏，周人以栗，曰使民战栗。"子闻之，曰："成事不说，遂事不谏，既往不咎。"

【注释】①哀公问社于宰我：社是土神。哀公是鲁君。宰我，鲁人，是孔子弟子，姓宰，名予，字子我，善于言语，与子贡并列于言语科。鲁哀公所问的社，是指社主而言，周礼大司徒名为田主。当时祭土神，要立一木，以为神的凭依，此木称为主。

【译文】鲁哀公问宰我，祭土地神所要立的神主应该用什么树木，宰我答道："夏朝用松树，商朝用柏树，周朝用栗子树。用栗子树的意思，是使老百姓战栗。"孔子听到后说：

"已成事实的事不用提了，结束的事不用再去劝阻了，过去的事也不必再追究了。"

二十二　子曰："管仲之器小哉！"或曰："管仲俭乎？"曰："管氏有三归，官事不摄，焉得俭？""然则管仲知礼乎？"曰："邦君树塞门，管氏亦树塞门。邦君为两君之好，有反坫，管氏亦有反坫。管氏而知礼，孰不知礼？"①

【注释】①孔子谓管仲之器量小。或人闻之，误以为俭。

【译文】孔子说："管仲的器量真是狭小呀！"有人问："管仲节俭吗？"孔子说："他有三处豪华的藏金府库，他家里的管事也是一人一职而不兼任，怎么称得上节俭呢？"那人又问："那么管仲知礼吗？"孔子回答："国君大门口设立照壁，管仲也照样设立照壁。国君同别国国君举行会见时在堂上有放空酒杯的设备，管仲也有同样的设备。如果说管仲知礼，那么还有谁不知礼呢？"

二十三　子语鲁大师①乐，曰："乐其可知也：始作，翕如也；从之，纯如也，皦如也，绎如也，以成。"

【注释】①大师：乐官名。大音泰。

【译文】孔子对鲁国乐官谈论奏乐之道时说："奏乐的道理是可以领会的：开始演奏，各种乐器合奏，声音繁美；继续展开下去，五音和谐，音节分明，余音袅袅，最后完成。"

二十四 仪封人①请见，曰："君子之至于斯也，吾未尝不得见也。"从者见之。出曰："二三子何患于丧乎？天下之无道也久矣，天将以夫子为木铎。"

【注释】①仪封人，是仪地之官。

【译文】仪地的地方长官请求见孔子，他说："凡是君子到这里来，我从没有见不到的。"孔子的随从学生引他去见了孔子。他出来后（对孔子的学生们）说："你们何必为不得志而发愁呢？天下混乱已久，上天将以孔夫子为醒世的木铎来警醒众人。"

二十五 子谓《韶》："尽美矣，又尽善也。"谓《武》："尽美矣，未尽善也。"①

【注释】①《韶》，是舜时之乐曲名。《武》，是周武王时之乐曲名。

【译文】孔子评论《韶》乐说："极其美好，又极其完善。"评论《武》乐说："十分的美好，但尚有不十分完善之处。"

二十六 子曰："居上不宽，为礼不敬，临丧不哀，吾何以观之哉？"①

【注释】①宽者，郑注谓度量宽宏。居上位者，不宽则不得众。不敬，不哀，皆失其本，其人何如，可知也。故曰："吾何以观之哉。"谓不足观也。

【译文】孔子说："在上位不能宽以待下，行礼时没有敬意，遭遇丧事时毫无哀戚的表情，（这样的人）我还能看他什么呢？"

里仁第四

一　子曰："里仁为美。择不处仁，焉得知！"①

【注释】①居于仁者所居之里，是为美。不择处仁者之里，随意而居，安得为有智者。古语，千金置宅，万金买邻，又如孟母三迁，皆是择仁之意。广义而言，交友，求配偶，皆须择仁。

【译文】孔子说："邻里相处，应以忠厚仁德为美好。不选择居住在仁者所居之地，怎么能算明智呢？"

二　子曰："不仁者不可以久处约，不可以长处乐。仁者安仁，知者利仁。"①

【注释】①不仁之人，不可以久处贫困。久困则为非。不可以长处富乐，长富则骄奢淫逸。仁者安仁，仁者天赋仁厚，为仁无所希求，只为心安理得，否则其心不安。是为安仁。知者利仁，智者知行仁为有利于己而行之也。交友必须知其仁与不仁，不仁者无论贫富皆不可交。

【译文】孔子说："一个人没有仁德，就不能长久地处在贫困中，也不能长久地处在安乐中。天赋仁厚的人安心于仁道，有智慧的人知道仁道对己有利而行仁。"

三　子曰："唯仁者能好人，能恶人。"①

【注释】①仁者有智，能克己复礼，不妄为好恶，故孔子说唯有仁者能好人，能恶人。

【译文】孔子说："只有有仁德的人，才真正懂得喜爱人和厌恶人。"

四　子曰："苟志于仁矣，无恶也。"①

【注释】①此章是说，诚然能志于仁者，便无所憎恶之人。志于仁者，能以仁厚待人。遇好人，固然能以善心待之。遇恶人，亦能以善心劝之改恶向善。所以，一个人果然志于仁，即无所恶之人。

【译文】孔子说："如果一个人立志于行仁道，就不会有所厌恶的人。"

五　子曰："富与贵，是人之所欲也，不以其道得之，不处也；贫与贱，是人之所恶也，不以其道得之，不去也。①君子去仁，恶乎成名？君子无终食之间违仁，造次必于是，颠沛必于是。"

【注释】①富贵是人之所欲，但如不以其道得之，仁者不处。不处，即是不居，亦可说是不取之意。富贵可得，但因不合道理，而不取。这不是普通人，而是仁人。

【译文】孔子说："富裕和显贵是人人都想要得到的，但不是用正当的方法得到它，就不会去享受；贫穷与低贱是人人都厌恶的，但不能用正当的方法去摆脱它，就不会摆脱。君子如果离开了仁德，又怎么能叫君子呢？君子任何时候都不背离仁德，匆忙急迫时必定如此，颠沛流离时也必定如此。"

六　子曰："我未见好仁者，恶不仁者。好仁者，无以尚之；恶不仁者，其为仁矣，不使不仁者加乎其身。有能一日用其力于仁矣乎？我未见力不足者。①盖有之矣，我未之见也。"

【注释】①此意是说，有谁能在一日之间用力行仁呢？如果有人能够一日力行其仁，孔子未见其人之力不足。孝弟忠信，有浅有深，人人可行，人人都有可行之力。所以孔子未见力不足。

【译文】孔子说："我没有见过爱好仁德的人和厌恶不仁者的人。爱好仁德的人，是至高无上的；厌恶不仁的人，他若是去行仁，是不会让不仁者以非理之行强加于己身的。有能在一天中致力于实行仁德的人吗？我还没有看见力量不够的。也许有，但我没见过。"

七　子曰："人之过也，各于其党。观过，斯知仁矣。"①

【注释】①过，是指过失。党，一作党类讲，一作朋党讲。

【译文】孔子说："大凡人的过失，大抵都是由于偏护其亲友所致。只要观察他所犯的过失，便可知其人心中有没有仁了。"

八　子曰："朝闻道，夕死可矣！"①

【注释】①道，即是仁道。

【译文】孔子说："如果能在早晨听闻人生大道，就算是晚上离开人世，也了无遗憾了！"

九　子曰："士志于道，而耻恶衣恶食者，未足与议也！"①

【注释】①读书人既言学道，而又以恶衣恶食为耻，可见其心仍在名利，志实未立，故不足与之谈道。

【译文】孔子说："有志之士，既然存心在学道，却还以粗糙的衣服和简陋的饮食为耻辱，那就不值得和他谈论'道'了。"

十　子曰："君子之于天下也，无适也，无莫也，义之与比。"①

【注释】①君子对于天下人，无专主之亲，无特定之疏，唯以道义是从。即不问亲疏，但以道义是亲，亦即以义为处世准绳。

【译文】孔子说："君子对于天下的人和事，不会去考虑厚薄亲疏，只是按照道义去做。"

十一　子曰："君子怀德，小人怀土；君子怀刑，小人怀惠。"①

【注释】①君子小人，不必指在位与不在位者，皆就普通人而言之。怀字作思念讲。

【译文】孔子说："君子内心关注的是道德，小人内心关注的是利益；君子行动想的是是否符合经典教诲，小人行动时想的是能否获得利益。"

十二　子曰："放于利而行，多怨。"①

【注释】①放者放纵，任意发展，但其目的纯在私利，如此行为必致多人之怨。放作纵字讲，是纵心于利的意思。愈纵心图取私利，则愈损人，故召人之怨愈多。

【译文】孔子说："如果依循私利来行事，必将招致很多怨恨。"

十三 子曰："能以礼让为国乎，何有？不能以礼让为国，如礼何？"①

【注释】①能以礼让治国，则于国事何难之有？不能以礼让治国，奈此礼文何？道德仁义，递下为礼，礼不能再下矣，故须普及教化，以为治国之要。

【译文】孔子说："如果能够用礼让原则来治理国家，那还有什么困难呢？如果不能用礼让原则来治理国家，那礼用来干什么呢？"

十四 子曰："不患无位，患所以立。不患莫己知，求为可知也。"①

【注释】①位，是官位。立，是在官位而有建树之意。勿愁无官位，但愁如何建树。勿愁我不为人知，但可求其可以为人知之之道。建树不必有位，立德立功皆是。求为可知，学仁义可耳。

【译文】孔子说："不要忧虑得不到职位，应该忧虑自己是否能够有所建树。不要忧虑没有人了解自己，应该注重提升自己值得别人认识、了解的才德。"

十五 子曰："参乎！吾道一以贯之。"曾子曰："唯。"子出，门人问曰："何谓也？"曾子曰："夫子之道，忠恕而已矣！"①

【注释】①参，曾子之名。贯者贯穿，以一理贯穿万事，则万事皆有其理。

【译文】孔子说："参啊！我平日所讲许许多多的道，实在可以用一个道理来融会贯通啊！"曾子回答说："是的。"孔子出去以后，其他弟子问："老师说的是什么意思？"曾子说："老师所说的道理，不过是'忠恕'罢了。"

十六　子曰："君子喻于义，小人喻于利。"①

【注释】①喻，晓，即是知的意思。君子但知公义，小人但知私利。小人所知之利，不只在钱财，一切有利于己者，皆必为之。君子小人，一言难辨，此以公义私利说其总则而已。

【译文】孔子说："君子只晓得公义，小人只晓得私利。"

十七　子曰："见贤思齐焉，见不贤而内自省也。"①

【注释】①贤人高于君子，见之者，当自思维，我当学习，与之齐等。不贤，非谓小人，唯下于贤人而已，见之者，当自反省，我亦如此不贤乎。于是乃能德学俱进。

【译文】孔子说："遇见贤人，要想着跟他学习向他看齐；遇见不贤的人，要能够反省自己有没有同样的毛病。"

十八　子曰："事父母几谏，见志不从，又敬不违，劳而不怨。"①

【注释】①几，微也，人之过，在几微发动之时，易于改正，故为人子者，见父母之过于微起时，即当谏之，不俟形成大过。若见父母之志不从其谏，则又尊敬，而不违其谏劝之初衷，继续进谏。然而屡谏不从，甚至受父母之怒斥，亦不辞劳苦，不怨父母，谏之不已。或，劳者忧也，谏而不入，深恐父母卒成大过，乃忧之而不怨。

【译文】孔子说："侍奉父母，如父母有过错时，应当在事情微起的时候就委婉劝谏，父母不接受时，应当照常保持恭敬之心，不可以违逆不孝，虽然如此忧心操劳，但是内心一点怨恨也没有。"

十九　子曰："父母在，不远游，游必有方。"①

【注释】①方，郑注为常，曲礼所游必有常是也。朱注为方向，本于玉藻，"亲老，出不易方"。父母念子之心，无时或释，故父母在世，子不能无故远离，远离须有正常之事。或为游子者，随时函报行踪，免为父母所系念。

【译文】孔子说："父母在世的时候，不要远离家乡。如果不得已要出远门，也应随时向父母报告自己的行踪，免得父母系念。"

二十 子曰："三年无改于父之道，可谓孝矣。"①

【注释】①此章与《学而》同，集注胡氏谓为复出，而逸其半。先儒考汉石经亦有此章，当是弟子各记所闻。

【译文】孔子说："能够三年都不改变父亲在世时的行为，这样的人可以说是尽到孝了。"

二十一 子曰："父母之年，不可不知也。一则以喜，一则以惧。"①

【注释】①人生七十古来稀，子女成人自立，父母逐渐衰老，尽孝时日无多，是以父母之年不可不知。知而喜者，亲得寿考，子能承欢也。知而惧者，父母之年愈高，在世之日愈少，深惧子欲养而亲不在，事之愈当谨也。

【译文】孔子说："父母的年纪，不可以不知道。既为他们长寿而高兴，也为他们的衰老而恐惧。"

二十二 子曰："古者言之不出，耻躬之不逮也。"①

【注释】①古人不轻易出言，唯恐言出而行不及，是为耻辱。包咸注："古人之言不妄出口者，为身行之将不及也。"皇疏："躬，身也。逮，及也。古人不轻出言者，耻身行之不能及也。"

【译文】孔子说："古人不随便说话，是因为说了假如不能做到，是一件可耻的事。"

二十三　子曰："以约失之者鲜矣。"①

【注释】①孔安国注："俱不得中也。奢则骄溢招祸，俭约则无忧患也。"能俭约，其失自少。《礼记·表记》："子曰，俭近仁。虽有过，其不甚矣。"不俭，则生活奢侈，言语烦琐，办事令人麻烦，此皆不近仁，其失多矣。

【译文】孔子说："因为节制约束自己而失误的人是很少的。"

二十四　子曰："君子欲讷于言，而敏于行。"①

【注释】①言语迟钝者，不抢先说，不利口，言语似乎甚难。此是君子言语谨慎之故。注意欲字，言语慎重，办事必须敏捷，先行其言，而后从之。此皆难能而欲能之也。

【译文】孔子说："君子要言语谨慎而行动敏捷。"

二十五　子曰："德不孤，必有邻。"①

【注释】①乱世时，小人道长，君子道消，为德未必有邻。此为一般人所同感。如孔子周游列国，其道不行，德岂不孤钦？然著书立说，有教无类，三千弟子，后世学人，皆是其邻。故不论世道如何，但行善德，终必有邻，而不孤也。

【译文】孔子说："有德行的人不会孤立，必定有人来亲近他。"

二十六　子游曰："事君数，斯辱矣；朋友数，斯疏矣。"①

【注释】①数，取烦琐之义。君臣朋友，皆以道义结合，必须以礼节之。事君三谏不从则去，不去则必招祸。不但谏不过三，平常亦须见之以时，不可烦琐，否则必然召辱。交友不同于事君，来往烦琐，不至于辱，但必趋于疏离。是以君子之交淡如水。此章须配合《礼记》学之。

【译文】子游说："侍奉君主太过烦琐，就会受到侮辱；对待朋友太过烦琐，就会被疏远了。"

公冶长第五

一　子谓公冶长："可妻也。虽在缧绁之中，非其罪也。"以其子妻之。①

【注释】①公冶长，孔子弟子，史迁谓为齐人，孔安国谓为鲁人。

【译文】孔子谈到公冶长说："可以把女儿许配给他。他虽然被关在牢狱里，但这并不是他的罪过呀。"于是，孔子就把自己的女儿许配给了他。

二　子谓南容："邦有道，不废；邦无道，免于刑戮。"以其兄之子妻之。①

【注释】①南容，名适，一名绦，字子容，鲁人，孔子弟子。国有道时，南容能为国用；国无道，则以其明免于刑戮之祸。孔子以兄之女妻之。出处有道，此是其贤。

【译文】孔子谈到南容说："国家有道时，他能够为国家所用；国家无道时，以他的智慧也可以免去刑戮。"于是把自己的侄女许配给了他。

三 子谓子贱:"君子哉若人! 鲁无君子者,斯焉取斯?"①

【注释】①子贱,姓宓,名不齐,孔子弟子。上"斯"字指子贱,下"斯"字指君子之行为。孔子称赞子贱曰:"此人是君子,然若鲁无君子者,则子贱焉能取斯君子之行以为君子耶?"

【译文】孔子谈到子贱说:"君子就是像他这样的人啊! 如果鲁国没有君子的话,他从哪里学到这种品德的呢?"

四 子贡问曰:"赐也何如?"子曰:"女,器也。"曰:"何器也?"曰:"瑚琏也。"①

【注释】①瑚琏,《说文》作瑚瑚。古注,夏曰瑚,殷曰琏,周曰簠簋。皆宗庙盛黍稷之器,甚为贵重。器喻有用之才,此许子贡以瑚琏,虽未至于不器,然为高才大用可知。人在世间,有所取,必须有所予,若其才能不及子贡者,但成任何一器,尽其在我,用之于世,求其俯仰无愧可耳。

【译文】子贡问孔子:"我这个人怎么样?"孔子说:"你呀,好比一个器具。"子贡又问:"是什么器具呢?"孔子说:"盛祭品的瑚琏。"

五 或曰："雍①也仁而不佞。"子曰："焉用佞？御人以口给，屡憎于人。不知其仁，焉用佞？"

【注释】①雍，即冉雍，字仲弓，先儒或以为冉伯牛之子，或以为伯牛之宗族，难以考定。

【译文】有人说："冉雍这个人有仁德但不善辩。"孔子说："何必要能言善辩呢？靠伶牙俐齿和人辩论，常常招致别人的讨厌。我虽不了解他是否有仁德，但既然是说仁德，何必要能言善辩呢？"

六 子使漆雕开仕。对曰："吾斯之未能信。"子说。①

【注释】①漆雕开，名启。斯，指为仕。未能信，为仕，未能自信。意恐不能胜任。刘氏《正义》："夫子使开仕，当在为鲁司寇时。古今人表作启。启者开也。故字子开。"

【译文】孔子叫漆雕开去做官。漆雕开回答说："我对做官这件事还没有信心。"孔子听了很喜悦。

七 子曰："道不行，乘桴浮于海，从我者，其由与！"子路闻之喜。子曰："由也好勇过我，无所取材。"①

【注释】①桴，马注："桴，编竹木也，大者曰筏，小者曰桴也。"材，郑注为桴之材，皇疏又训哉字，材哉古字同，朱注材，裁也。孔子不能行道于鲁，乃周游列国，亦不能行，遂有此言。意谓乘桴于海虽危险，然为行道，无所顾虑。门人中有能从我之勇者，其为仲由与。子路闻此言，喜之。孔子乃曰："由也勇过于我，不合中道，然而，再取如子路此种人才亦无矣。"

【译文】孔子说："如果我的主张行不通，我乘木筏漂洋过海，能跟从我的大概只有仲由吧！"子路听到这话很高兴。孔子说："仲由啊，好勇超过了我，但不自知裁度以合于义。"

八　孟武伯问："子路仁乎？"子曰："不知也。"①又问。子曰："由也，千乘之国，可使治其赋也，不知其仁也。""求也何如？"子曰："求也，千室之邑，百乘之家，可使为之宰也，不知其仁也。""赤也何如？"子曰："赤也，束带立于朝，可使与宾客言也，不知其仁也。"

【注释】①孟武伯问，子路仁乎。孔子答曰不知。意为不清楚。盖问之不得其要也。

【译文】孟武伯问孔子："子路有仁德吗？"孔子说："我不知道。"孟武伯又问。孔子说："仲由这个人，在拥有千辆兵车的国家里，可以让他管理军事，但我不知道他是不是做到了仁。"孟武伯又问："冉求这个人怎么样？"孔子说："冉求这个人，可以让他在一个有千户人家的公邑或有百辆兵车的采邑里当总管，但我也不知道他是不是做到了仁。"孟武伯又问："公西赤又怎么样呢？"孔子说："公西赤这个人，可以让他穿着礼服，站在朝廷上，接待贵宾，但我也不知道他是不是做到了仁。"

九 子谓子贡曰："女与回也孰愈^①？"对曰："赐也何敢望
回！回也闻一以知十，赐也闻一以知二。"子曰："弗如也，
吾与女弗如也。"

【注释】①愈，孔注犹胜也。吾与女之与，汉儒皆训为连
系词，集注作许解，今从汉注。

【译文】孔子对子贡说："你与颜回哪一个比较强？"子贡
回答说："弟子哪敢和颜回相比！颜回听一个道理，就能够知
道所有的道理，弟子听一个道理，只是不拘泥于此而已。"孔
子说："不如他，我和你都不如他啊！"

十 宰予^①昼寝^②。子曰："朽木不可雕也，粪土之墙不可杇
也。于予与何诛！"子曰："始吾于人也，听其言而信其行。
今吾于人也，听其言而观其行。于予与改是！"

【注释】①宰予，名予，字我，《论语》记者例当称其字，
此直书其名。②昼寝，古注多为昼眠，或作画寝，即绘画寝
室，有奢侈之义。昼眠，或昼入寝室休息，古时皆不许。

【译文】宰予大白天睡觉，孔子说："腐烂的木材不可能再
雕刻，肮脏的土墙不可能再粉刷。我对于宰予还有什么好责备
啊！"孔子又说："起初我对他人，听了他的话，就相信他的
行为。如今我对他人，听了他所说的话，还要看看他的行为举

止。这都是由于宰予，我才有这样的改变！"

十一　子曰："吾未见刚者。"或对曰："申枨①。"子曰："枨也欲，焉得刚？"

【注释】①枨，今读成音，古音读长。邢疏郑云，盖孔子弟子申续。王肃以申缭、申堂、公伯缭皆是申枨，据清儒考证，有误。

【译文】孔子说："我没有见过刚毅不屈的人。"有人回答说："申枨就是刚毅不屈的人。"孔子说："申枨这个人欲望太多，怎么能刚毅不屈呢？"

十二　子贡曰："我不欲人之加诸我也，吾亦欲无加诸人。"子曰："赐也，非尔所及也。"①

【注释】①此是恕道，尚非大贤所及，仁可知矣。刘氏《正义》："程氏瑶田《论学小记·进德篇》曰，仁者人之德也，恕者行仁之方也。尧舜之仁，终身恕焉而已矣。子贡曰：'我不欲人之加诸我也，吾亦欲无加诸人。'此恕之说也。自以为及，将止而不进焉。故夫子以非尔所及警之。"

【译文】子贡说："我不愿别人强加于我的事，我也不愿强加在别人身上。"孔子说："赐呀，这还不是你所能达到的境界啊。"

十三 子贡曰："夫子之文章，可得而闻也。夫子之言性与天道，不可得而闻也。"①

【注释】①孔子之学有本性，有天道，有人道。文章，即是六艺与修齐治平之学，此属人道，所谓人道敏政，诸弟子所共修，经常讲习，故可得而闻。至于性与天道，则深微难知，能知之者，颜子、曾子、子贡数人而已。

【译文】子贡说："老师的知识学问，可以通过学习而获得。老师有关人性和天道的体悟，通过一般的学习是难以通达的啊。"

十四 子路有闻，未之能行，唯恐有闻。①

【注释】①谓子路求学，闻而能行。子路有闻，闻于师，或闻于朋友，闻得某一种学问，立即实行。如果尚未实行，唯恐又闻其他学问。

【译文】子路在听到一条道理但没有能亲自实行的时候，唯恐又听到新的道理。

十五 子贡问曰："孔文子何以谓之'文'也？"子曰："敏而好学，不耻下问，是以谓之'文'也。"①

【注释】①孔文子，卫大夫孔圉。文，是其谥号。生前乱于家室。子贡以其为人不足道，何以谥之为"文"。孔子以此二语许之。

【译文】子贡问老师："孔文子这个人为什么能追谥为'文'呀？"孔子说："他聪敏又好学，不以向地位比他低的人请教为羞耻的事，因此称之为'文'。"

十六 子谓子产："有君子之道四焉：其行己也恭，其事上也敬，其养民也惠，其使民也义。"①

【注释】①此处"恭""敬"二字就是分言，恭指容貌谦恭，敬指做事毫不苟且。

【译文】孔子称赞郑国子产说："他有四种行为合乎君子之道：（就是）立身谦恭、事君敬谨、以恩惠养民、役使民众合乎时宜。"

十七 子曰："晏平仲①善与人交，久而敬之。"

【注释】①晏平仲，齐大夫，晏姓，平谥，名婴。

【译文】孔子说："晏婴（晏子）善于与人交往，时间久了也不改其敬重之心。"

十八 子曰："臧文仲居蔡，山节藻棁，何如其知也！"①

【注释】①臧文仲，鲁大夫臧孙辰，谥文。蔡，大龟。蔡

地出善龟，因名大龟为蔡。古时国有大事不决，则占卜，龟有
灵气，故以龟甲占之。

【译文】孔子说："臧文仲藏了一只大龟，藏龟的屋子斗拱
雕成山的形状，短柱上画以水草花纹，这种人怎么能算有智
慧呢？"

十九　子张问曰："令尹子文①三仕为令尹，无喜色；三已
之，无愠色。②旧令尹之政，必以告新令尹。何如？"子
曰："忠矣。"曰："仁矣乎？"曰："未知。焉得仁？""崔
子弑齐君，陈文子有马十乘，弃而违之，至于他邦，则曰：
'犹吾大夫崔子也。'违之。之一邦，则又曰：'犹吾大夫
崔子也。'违之。何如？"子曰："清矣。"曰："仁矣乎？"
曰："未知，焉得仁？"

【注释】①令尹子文，楚大夫，姓斗，名毂字子文。②三仕
三已事无详考，唯在楚庄王时，楚、晋之战，楚以子玉为帅，
败绩，自杀。子玉是子文所举之人，子文以此去职。余皆不详。

【译文】子张问孔子说："令尹子文几次做楚国宰相，并没
有特别高兴，几次被免职，也没有特别怨恨。（他每一次被免
职）一定把自己的一切政事全部告诉给来接任的新宰相。这个
人怎么样？"孔子说："可算得是忠了。"子张问："可说是仁
了吗？"孔子说："还没有达到智，怎么能算得仁呢？"子张又
问："崔杼杀了他的君主齐庄公，陈文子家有四十四马，都舍
弃不要了，离开了齐国，到了另一个国家，他说：'这里的执

政者也和我们齐国的大夫崔子差不多。'就离开了。到了另一个国家，又说：'这里的执政者也和我们的大夫崔子差不多。'又离开了。这个人怎么样？"孔子说："可算得上清白了。"子张说："可说是仁了吗？"孔子说："还没有达到智，怎么能算得仁呢？"

二十　季文子三思而后行。子闻之，曰："再，斯可矣！"①

【注释】①孔子此言再斯可矣，盖如郑注，专对季文子而发，非言人人凡事再思即可也。

【译文】季文子这个人，遇事总是反复思考然后再做。孔子听后说："重复考虑一次就够了。"

二十一　子曰："宁武子，邦有道，则知；邦无道，则愚。其知可及也，其愚不可及也。"①

【注释】①武子之智，他人学之可及，然其愚也，他人学之不及。人不知，而不愠，是其不可及之故，此古人所难能，惟秦之五羖大夫百里奚，方在虞时，以及逃楚时，似之。

【译文】孔子说："宁武子这个人，当国家有道时，他就显露才智；当国家无道时，他就韬光养晦。他的那种聪明才智别人可以学，他的那种韬光养晦别人就学不会了。"

二十二　子在陈，曰："归与！归与！吾党之小子狂简，斐然成章，不知所以裁之。"①

【注释】①孔子在陈国，思归鲁国，发此感叹。

【译文】孔子在陈国说："回去吧！回去吧！我家乡的学生有远大志向，但行为粗率简单，文采可观，但尚未明白大道，还不知道怎样来裁定。"

二十三　子曰："伯夷、叔齐，不念旧恶，怨是用希。"①

【注释】①怨是用希者，用，以也，"是用"即"是以"之辞。夷齐不咎既往，旧怨者知之，亦不咎既往。怨，是以稀少。此义即如邢疏说："故希为人所怨恨也。"

【译文】孔子说："伯夷、叔齐两人不惦记着别人以往的恶事，所以别人也很少怨恨他们。"

二十四　子曰："孰谓微生高直？或乞醯焉，乞诸其邻而与之。"①

【注释】①微生高，鲁人，姓微生，名高。国策，庄子，汉书古今人表，微皆作尾。高有直名，如与女子约会于桥下，女子未至，大雨，水至，高守其信，抱桥柱不去，溺死。时人以为信既如是，直亦可知。孔子不以为然，举转乞醯而与或人之事，证其非直。

【译文】孔子说："谁说微生高这个人直？有人向他讨点醋，他（不直说没有，却暗地）到他邻居家里讨了点儿给人家。"

二十五　子曰："巧言、令色、足恭，左丘明耻之，丘亦耻之。匿怨而友其人，左丘明耻之，丘亦耻之。"①

【注释】①足乃手足之足，巧言出于口，令色现于容，足恭表于足。此三者皆虚情，欺普通人可，欺有见识者则不可。左丘明，鲁太史，知春秋义理，见此人通身是假，故耻之。匿怨而友其人，孔安国注："匿怨而友，心内相怨，而外诈亲也。"与人结怨，小则解之，大则以直报之可也，若匿怨而友其人，则其用心险诈，是以左丘明耻之。此二种人，孔子亦耻之。

【译文】孔子说："花言巧语、装出好看的脸色、过分恭敬，左丘明觉得这样可耻，我也觉得这样可耻。把怨恨装在心里，表面上却装出友好的样子，左丘明觉得这样可耻，我也觉得这样可耻。"

二十六　颜渊、季路①侍②。子曰："盍各言尔志？"子路曰："愿车马衣轻裘与朋友共，敝之而无憾。"颜渊曰："愿无伐善，无施劳。"子路曰："愿闻子之志！"子曰："老者安之，朋友信之，少者怀之。"③

【注释】①季路，就是子路。在兄弟中，年龄最小的称季。②侍，陪在长者之侧曰侍。③子路轻财重义，人人可学。颜子有善而不自称，卿大夫当如此，不施劳于人民，君当如此。孔子老安、友信、少怀，视三者如一家人，境界更高。

【译文】颜渊、子路侍立在老师身边。孔子说："你们何不说说自己的志向？"子路说："我愿意把自己的车、马、衣、裘（皮衣）与朋友共同享用，就是用坏了也不会怨恨、遗憾。"颜渊说："我希望自己有善事也不张扬，有功劳也不夸张。"子路说："我们也想听听老师的志向！"孔子说："我希望老年人能得到安养，朋友之间能诚信相待，少年人都能得到照顾。"

二十七　子曰："已矣乎！吾未见能见其过，而内自讼者也。"①

【注释】①自讼其过，改之则无悔，心归于净。此意甚好。

【译文】孔子说："算了吧！我从来没有见过发现自己有过失而在内心里自责的人。"

二十八　子曰："十室之邑，必有忠信如丘者焉，不如丘之好学也。"①

【注释】①虽是十室之邑的小地方，亦必有像孔子那样忠信的人，但不像孔子那样好学。忠信虽同，唯好学始能成为圣人。

【译文】孔子说："哪怕只有十户人家的小村子，也必定有人像我这样讲忠信，只是不如我那样好学而已。"

雍也第六

一 子曰："雍也可使南面。"①

【注释】①雍，是孔子的弟子，姓冉名雍。

【译文】孔子说："冉雍这个人，他的才能可以去治理政事。"

二 仲弓问子桑伯子①。子曰："可也，简。"仲弓曰："居敬而行简，以临其民，不亦可乎？居简而行简，无乃大简乎？"子曰："雍之言然。"

【注释】①子桑伯子，释文引郑注：子桑，秦大夫。

【译文】仲弓问子桑伯子这个人如何。孔子说："此人为人尚可，处事简约。"仲弓说："立身庄重而行事简要，像这样来治理百姓，不是也可以吗？自己马马虎虎，又以简要的方法办事，这岂不是太简单了吗？"孔子说："冉雍的话说得对。"

三 哀公问："弟子孰为好学?"孔子对曰："有颜回者好学，不迁怒，不贰过，不幸短命死矣。今也则亡，未闻好学者也。"①

【注释】①唯有好学，始能希圣希贤。唯有像颜子这样的学有成果，始能证明真正的好学。

【译文】鲁哀公问孔子："你的学生中哪个最好学?"孔子回答说："有一个叫颜回的学生好学，他烦恼起时，能忍止，不使怒气续发，无心所犯的过失，一经发觉，即不再犯。不幸短命死了。现在没有那样的人了，没有听说谁是好学的。"

四 子华①使于齐，冉子为其母请粟。子曰："与之釜。"请益。曰："与之庾。"冉子与之粟五秉。子曰："赤之适齐也，乘肥马，衣轻裘。吾闻之也，君子周急不济富。"

【注释】①子华，是孔子的弟子公西赤，字子华。

【译文】子华出使齐国，冉求替子华的母亲向孔子请求补助一些谷米。孔子说："给她六斗四升。"冉求请求再增加一些。孔子说："再给她二斗四升。"冉求却给她八十斛。孔子说："公西赤到齐国去，乘坐着壮马驾的车子，穿着又暖和又轻便的皮袍。我听说过，君子只救急难，不助富有。"

五 原思①为之宰，与之粟九百，辞。子曰："毋，以与尔邻里乡党乎!"

【注释】①原思，孔子的弟子原宪，字子思。

【译文】原思给孔子当家邑宰，孔子给他俸米九百，原思推辞不要。孔子说："不要推辞。（如果有多的）拿去送给你的乡亲们吧。"

六 子谓仲弓，曰："犁牛之子骍且角，虽欲勿用，山川其舍诸?"①

【注释】①仲弓可使从政，从政须揽人才，选才不论其父之良窳，但论其人之贤不贤，喻如耕地之牛，能生骍且角之子，此子当可为牺牛。

【译文】孔子在评论仲弓的时候说："耕牛的牛犊长着纯色的红毛，角也长得整齐端正，人们虽想不用它作祭品，但山川之神难道会舍弃它吗?"

七 子曰："回也，其心三月不违仁，其余则日月至焉而已矣。"①

【注释】①集解，言余人暂有至仁时，唯回移时而不变也。

【译文】孔子说："颜回这个人，他的心可以长期不背离仁德，其余的学生则只能在短时间内做到仁而已。"

八　季康子问："仲由可使从政也与？"子曰："由也果，于从政乎何有？"曰："赐也可使从政也与？"曰："赐也达，于从政乎何有？"曰："求也可使从政也与？"曰："求也艺，于从政乎何有？"①

【注释】①"于从政乎何有"句，皇疏引卫瓘云："何有者，有余力也。"邢疏："其于从政，何有难乎。"他注抑或谓不难，或谓有余，皆与经文语气不顺，不可从。此句是活语，季康子为鲁三家之一，目无国君，是以孔子不答以肯定之词，但说三弟子各有所长，听其自决而已。

【译文】季康子问孔子："仲由这个人，可以让他从政吗？"孔子说："仲由做事果断，从政有何不可呢？"季康子又问："端木赐这个人，可以让他从政吗？"孔子说："端木赐通达事理，从政有何不可呢？"又问："冉求这个人，可以让他从政吗？"孔子说："冉求很有才能，从政有何不可呢？"

九　季氏使闵子骞为费宰，闵子骞曰："善为我辞焉！如有复我者，则吾必在汶上矣。"①

【注释】①孔子为鲁司寇时，闵子骞曾为费宰，孔子辞去，闵子骞亦辞去。后以三家不听鲁君之命，而费邑之宰亦叛季氏，是以季氏使闵子骞为费宰。然闵子不愿遂季氏之私，故辞之，且坚告使者，如再来召，则吾必不在家，而在汶河之上矣。汶河东北是齐国，在汶上，意谓避至齐国也。儒者去就，于此可见其概焉。

【译文】季氏派人请闵子骞去做费邑的长官，闵子骞（对来请他的人）说："请你好好替我推辞吧！如果再来召我，那我一定逃到汶水那边（指齐国）去了。"

十　伯牛有疾，子问之，自牖执其手，曰："亡之，命矣夫！斯人也而有斯疾也！斯人也而有斯疾也！"①

【注释】①伯牛，即孔子弟子冉耕，得恶疾，孔子前往慰问。伯牛家人因其恶疾，不愿孔子进病人之屋，故隔墙从牖见之。孔子自牖执伯牛之手，曰："如此好人，何罹如此恶疾，无此理也，是天命耳。"尧有丹朱，舜有商均，孔子晚年丧子，弟子颜渊亦早死，是皆天命。

【译文】伯牛病了，孔子前去探望他，从窗口握着他的手说："很难活了，这是命里注定的吧！这样的人竟会得这样的病啊！这样的人竟会得这样的病啊！"

十一　子曰："贤哉回也！一箪食，一瓢饮，在陋巷，人不堪其忧，回也不改其乐。贤哉回也。"①

【注释】①贫而乐者，即如颜子，乐有所得，非乐贫也，乃乐道也。颜子已得其道，故不改其乐。他人不解颜子之道，则不知颜子之乐。唯孔子知之。

【译文】孔子说："颜回贤能啊！用箪（盛饭的圆形竹器）

盛饭，用瓢（以瓠剖成两半用来盛水）舀水，住在粗陋的巷子，别人忧愁得难忍其苦，颜回却仍然不改其乐。颜回贤能啊！"

十二 冉求曰："非不说子之道，力不足也。"子曰："力不足者，中道而废，今女画。"①

【注释】①画，从孔注："止也。"求也艺，孔子引之向道，冉求辞以力不足。孔子曰："譬如行路，中道而废，可谓力不足，今汝自止，为艺术所缠而已。"冉求非不好学，观其才艺可知，盖偏重于艺，缺于求道之心，是以孔子勉其上进。

【译文】冉求说："我不是不喜欢老师的道，实在是能力不足啊！"孔子说："能力不足的人，顶多在中途休息一些时候再前进，至于你现在则是画地自限。"

十三 子谓子夏曰："女为君子儒，无为小人儒。"①

【注释】①因此，须学大道。小人儒者，学为自己正心修身而已。子夏文学特长，孔子希望他进而学道，以资利益人群。故云，汝要学做君子儒，不要学做小人儒。

【译文】孔子对子夏说："你要成为君子之儒，不要做小人之儒。"

十四　子游为武城宰。子曰："女得人焉尔乎？"曰："有澹台灭明者，行不由径，非公事，未尝至于偃之室也。"①

【注释】①子羽虽为子游之同学，但非公事则不造访子游。举此二者，以见其人品行之端正，是故子游以为人才。

【译文】子游做了武城的长官。孔子说："你在那儿得到人才没有？"子游回答说："有一个叫澹台灭明的人，从来不走小路，没有公事从不到我屋子里来。"

十五　子曰："孟之反不伐，奔而殿，将入门，策其马，曰：'非敢后也，马不进也。'"①

【注释】①鲁与齐战于郊，鲁军大败，退奔，孟之反在殿后，掩护退军，实为勇者，当受国人迎赞，然不欲居功，及还，将入国门，乃策其马而前，告国人曰，我非勇敢在后拒敌，是马不能前进故也。不自夸功，是为美德，是以孔子称其不伐。

【译文】孔子说："孟之反不喜欢夸耀自己。败退的时候，他留在最后掩护全军。快进城门的时候，他鞭打着自己的马说：'不是我敢于殿后，是马不走啊。'"

十六　子曰："不有祝鮀之佞，而有宋朝之美，难乎免于今之世矣。"①

【注释】①祝鮀，卫大夫子鱼，以佞口获宠于灵公。宋朝，宋公子，有美色，出奔卫，灵公夫人南子宠之。而，及也。无祝鮀之佞口，以及宋朝之美色，难免于今之世。难免何事，未说明，含意是不能立足于今世。此讽当时卫国不能用贤能。

【译文】孔子说："没有祝鮀那样的口才，和宋朝那样的美貌，那在今天的社会上就很难立足了。"

十七　子曰："谁能出不由户？何莫由斯道也？"①

【注释】①道指人道或天道而言。天道难闻，人道是人伦纲常之道，为立身行道之本。不由人道，不足以为人，具备人道，始能学做圣人。

【译文】孔子说："谁能不经过屋门而走出去呢？为什么没有人走（我所指出的）这条道路呢？"

十八　子曰："质胜文则野，文胜质则史。文质彬彬，然后君子。"①

【注释】①彬彬，融和之相。文与质均衡交融。言行文雅而又真实，合乎中道，是为文质彬彬的君子。

【译文】孔子说："质朴多于文采，就会流于粗俗；文采多于质朴，就会流于虚伪、浮夸。只有质朴和文采配合恰当，才是君子。"

十九　子曰："人之生也直，罔之生也幸而免。"①

【注释】①直者正直，人之生存于人世，必须正直，直是生存之道。罔者曲也，曲人亦能生存，如祝鮀之佞。然如苏秦之辈皆不得善终。亦有能全始全终者，幸而免也。

【译文】孔子说："一个人的生存是由于正直，而不正直的人也能生存，只因为他侥幸地避免了灾祸。"

二十　子曰："知之者不如好之者，好之者不如乐之者。"①

【注释】①知之者，是指求学之人而言，原来不知之事，今求知之。知之，即是求知其然之谓。好之者，是已知其然，进而求知其所以然。乐之者，已知其所以然，是以乐之。

【译文】孔子说："（对求学的人来说）知道它如何不如喜好它，喜好它不如实有所得而乐在其中。"

二十一　子曰："中人以上，可以语上也。中人以下，不可以语上也。"①

【注释】①性与天道，中人以上可闻，中人以下则不可闻。

【译文】孔子说："中等资质以上的人，可以和他谈高深的道理。中等资质以下的人，难以和他谈论高深的道理（只能谈浅近的道理）。"

二十二 樊迟问知，子曰："务民之义，敬鬼神而远之，可谓知矣。"问仁，曰："仁者先难而后获，可谓仁矣。"①

【注释】①孔子说，仁者先为其难，而得功则在其后。世间好事难成，仁者办仁德之事，先忍耐其困难，一直做去，冲破种种难关，而后得其成果。此为难行而能行。《礼记·中庸》篇说："力行近乎仁。"故云："可谓仁矣。"

【译文】樊迟问怎样才算是智，孔子说："专心致力于（提倡）老百姓应该遵从的道德，尊敬鬼神但要远离它，可称为智了。"樊迟又问怎样才是仁，孔子说："仁就是先承担责任后获取，这可称为仁了。"

二十三 子曰："知者乐水，仁者乐山。知者动，仁者静。知者乐，仁者寿。"①

【注释】①动物寿命，因类而异。蜉蝣寿短，龟鹤寿长。仁者寿，就人类之寿命而言。仁者不忧，终日心理安然，六脉和平，故寿。颜子仁而不得寿，是其例外，或以饮食不调所致。

【译文】孔子说："智者喜好水，仁者喜好山。智者活跃，仁者娴静。智者优游，仁者长寿。"

二十四 子曰："齐一变，至于鲁；鲁一变，至于道。"①

【注释】①变是变入佳境，齐国一变可至于鲁，鲁国一变可至于正道。当时鲁已无道，然只须一变即可至于道，齐须二变乃可。齐是太公受封之国，注重武功。鲁是周公受封之国，注重文治。

【译文】孔子说："齐国一改革，可以达到鲁国的水平，鲁国一改革，就可以达到先王之道了。"

二十五　子曰："觚不觚，觚哉！觚哉！"①

【注释】①圣人此言，中正和平，如诗之温厚。凡是不守本分者，如君不君，臣不臣，父不父，子不子，皆可比之曰，觚不觚，觚哉觚哉。

【译文】孔子说："觚不像个觚了，还是觚吗？还是觚吗？"

二十六　宰我问曰："仁者，虽告之曰'井有仁焉'，其从之也？"子曰："何为其然也？君子可逝也，不可陷也；可欺也，不可罔也。"①

【注释】①孔子以仁为施教中心，学仁者虽亦可欺，然须难罔以非其道。如以非道诬罔君子，则君子不受诬罔。

【译文】宰我问道："假如告诉仁者说：'井里有个人啊！'他会跟着下去吗？"孔子说："怎么能这样做呢？君子会去救人，却不会自己陷进去；可以欺骗他，却不可以愚弄他。"

二十七 子曰:"君子博学于文,约之以礼,亦可以弗畔矣夫。"①

【注释】①学礼则通世故人情,然后一切学问行之能合中道,故曰亦可以弗畔矣夫。畔字,一作叛字讲,弗畔,即不离经叛道之意;一作偏字讲,弗畔,做合乎中道讲,语气和平。

【译文】孔子说:"君子广泛地学习经典,又以礼来约束自己,也就可以不离经叛道了。"

二十八 子见南子,子路不说。夫子矢之曰:"予所否者,天厌之!天厌之!"①

【注释】①集解:"孔安国等以为,南子者,卫灵公夫人也,淫乱,而灵公惑之。孔子见之者,欲因以说灵公,使行治道也。矢,誓也。子路不说,故夫子誓之。行道既非妇人之事,而弟子不说,与之祝誓,义可疑焉。"

【译文】孔子去见南子,子路不高兴。孔子发誓说:"如果我做什么不正当的事,让上天谴责我吧!让上天谴责我吧!"

二十九 子曰:"中庸之为德也,其至矣乎!民鲜久矣。"①

【注释】①中道,是古圣相传之道,《尧曰》篇记载,尧命舜:"允执其中。""舜亦以命禹。"古圣所传的中道,就是一个"中"字,子思作中庸,以"中和"二字辨其要义,更可以使人体会,学习中道,由和而达于中。

【译文】孔子说："中庸作为一种道德，它是最高的标准了！人们缺少这种道德已经为时很久了。"

三十　子贡曰："如有博施于民而能济众，何如？可谓仁乎？"子曰："何事于仁？必也圣乎！尧、舜其犹病诸。夫仁者，己欲立而立人，己欲达而达人。能近取譬，可谓仁之方也已。"①

【注释】①讲此章，须先举孔学之例。《子罕》篇颜渊喟叹："夫子循循然善诱人。博我以文。约我以礼。"即是能近取譬。学仁难，学礼则近仁，近仁则近德，近德则近道，故曰"可谓仁之方也已"。

【译文】子贡说："假若有一个人，能广泛施惠于民并且能赈济大众，怎么样？可以算是仁人了吗？"孔子说："岂止是仁人，简直是圣人了！就连尧、舜尚且难以做到呢。至于仁人，就是要想自己站得住，也要帮助他人一同站得住；要想自己过得好，也要帮助他人一同过得好。凡事能就近以自己作比，而推己及人，可以说就是实行仁的方法了。"

述而第七

一　子曰："述而不作，信而好古，窃比于我老彭。"①

【注释】①老彭，先儒注说不一，或以为一人，或以为二人，或二说并存，然多数主张为一人。若依包咸、朱子所据大戴礼，则老彭为殷之贤大夫。

【译文】孔子说："只传述前人的文章典籍，不创作新说，相信古人，喜好古道，私底下我把自己比作商朝的老彭。"

二　子曰："默而识之，学而不厌，诲人不倦，何有于我哉？"①

【注释】①此说求学修道之法。首将所学默记于心中。其次须知，学无止境，故须学不餍足。如此则非记问之学，故可以诲人。但非一诲而成，故须不倦。孔子是圣人，教人亦望其能成圣人，未至于成，则不能倦。

【译文】孔子说："不多说，只默记在心，勤学不厌烦，教人不疲倦，哪一条是我所具备的呢？"

三　子曰："德之不修，学之不讲，闻义不能徙，不善不能改，是吾忧也。"①

【注释】①德者，乃人所固有之明德。心初动时，觉之，犹未失其明。不觉，妄动，则昧矣。昧则转为凶德。故须修之，使复其明。此即《礼记·大学》所云"明明德"。学是学术，必须讲究。闻悉奥义，当迁徙之，如义而行。不善是过，贵能改之。是吾忧也者，此励学者之辞，设使学者不修不讲不徙不改，乃教不成矣，圣人引以为忧。

【译文】孔子说："品德不用心修养，学问不去讲习，义所当为时不能全力以赴，知错不能勇于改过，这些都是我所忧虑的啊！"

四　子之燕居，申申如也，夭夭如也。①

【注释】①申申如也，正直自然。夭夭如也，和蔼之貌。孔子闲居时，身心正定而安适，从容而自然。

【译文】孔子闲居时，仪态温和舒畅，神色和悦。

五　子曰："甚矣吾衰也！久矣吾不复梦见周公。"①

【注释】①孔安国注：孔子衰老，不复梦见周公。明盛时梦见周公，欲行其道也。孔子思念周公，欲行其道，故常梦见周公。后以东周日衰，自己亦已年老，乃不思周公矣，不思则不梦，故有此感叹。

【译文】孔子说："我衰老得多厉害啊！很长时间了，我没有再梦见周公。"

六　子曰："志于道，据于德，依于仁，游于艺。"①

【注释】①艺是行仁之工具。一切艺术技能，至为繁多。已成圣人，是智者，是不惑者，无所不知。学者未成圣人，必须博学，以资推行仁之事业。

【译文】孔子说："以道为志向，以德为所恃，以仁为所倚，优游于六艺之中。"

七　子曰："自行束脩以上，吾未尝无诲焉。"①

【注释】①孔子曰：有来求教者，自行束脩之礼，或高于束脩以上之礼者，吾未尝不教诲之也。束脩之解不一，皇疏申孔安国注，谓束脩为十束脯，是贽礼之物之至轻者，以此明孔子教化有感必应者也。

【译文】孔子说："只要主动拿贽礼来见我的人，我从来没有不给他教诲的。"

八　子曰："不愤不启，不悱不发。举一隅不以三隅反，则不复也。"①

【注释】①此为圣人教学方法。愤是学者懑心求之而未悟，孔子乃为启示之。悱是学者研究有得而未能说明，孔子乃为发明之，使其豁然贯通。若学者不愤不悱，孔子则不为启发，以其无助于学者也。举一隅以俟三反者，乃教学者比类而推知其余也。

【译文】孔子说："不是发愤图强要研究学问的人，我是不会去开导的。不是学有所得却难以表达的人，我是不会去启发的。不能举一反三的人，我是不会重复教的。"

九 子食于有丧者之侧，未尝饱也。子于是日哭，则不歌。①

【注释】①孔子是日为吊亲友之丧，或为其他哀痛之事而哭者，是日则不歌。孔子好乐，歌是乐词。是日不但不奏乐，亦不唱歌。余哀未尽。是诚心，是直心。

【译文】孔子在有丧事的人旁边吃饭，不曾吃饱过。孔子如果在这一天为吊丧而哭泣，就不再歌咏了。

十 子谓颜渊曰："用之则行，舍之则藏，唯我与尔有是夫！"①子路曰："子行三军，则谁与？"子曰："暴虎冯河，死而无悔者，吾不与也。必也临事而惧，好谋而成者也！"

【注释】①"用之"者，犹言如有用我也。"行"者，行其道也。"舍之"者，舍是舍弃，不为世用，道不行也。用之则行，道行得通则行。舍之则藏，道行不通则藏。行藏无非为道。此唯孔子与颜子能然。

【译文】孔子告诉颜渊说："能任用我时，我就把治国平天下的大道推行于世（兼善天下），不能任用我时，我就将这些治国平天下的大道藏之于身（独善其身）。只有我与你能做到这样啊！"子路说："如果老师率领三军作战时，与谁同往呢？"孔子说："空手与虎搏斗，徒身渡河，到死都不知道悔悟的人，只是凭着血气之勇，我是不会同他在一起的。必须是遇到事情能小心谨慎、善于谋划而成事的人（我才与之同往）。"

十一 子曰："富而可求也，虽执鞭之士，吾亦为之。如不可求，从吾所好。"①

【注释】①可求，不可求，以道为准。富而可求也者，假使合乎道，虽执鞭之士，吾亦为之。富如不可求，乃不合乎道，则唯从吾所好，而不求也。

【译文】孔子说："富贵如果可以求得来，就是执鞭的低贱工作，我也愿意做。如果不可求，还是顺从我自己的喜好。"

十二 子之所慎：齐、战、疾。①

【注释】①齐即斋戒，《礼记·祭统》曰："及时将祭，君子乃斋。"

【译文】孔子慎重对待的事是：斋戒、战争和疾病。

十三　子在齐闻《韶》，三月不知肉味，曰："不图为乐之至于斯也。"①

【注释】①《韶》是舜王之乐，而齐有之者，据《汉书·礼乐志》，陈，舜之后，《韶》乐在陈，春秋时，陈公子完奔齐，齐乃有《韶》，历代学者皆从此说。

【译文】孔子在齐国听到了《韶》乐，很长时间不觉得肉的美味，说："想不到《韶》乐的美达到了这样迷人的境地。"

十四　冉有曰："夫子为卫君乎？"子贡曰："诺，吾将问之。"入，曰："伯夷、叔齐何人也？"曰："古之贤人也。"曰："怨乎？"曰："求仁而得仁，又何怨？"出，曰："夫子不为也。"①

【注释】①叔齐能恭其兄，弟也，孝弟乃仁之本，仁者天爵，国君人爵耳。伯夷叔齐兄弟让国，孔子赞为求仁得仁。可知孔子讲求相让，而非相争。子贡一听了然，乃出告冉有曰，夫子不助辄也。

【译文】冉有（问子贡）说："老师会帮助卫国的国君吗？"子贡说："嗯，我去问他。"于是就进去问孔子："伯夷、叔齐是什么样的人呢？"（孔子）说："古代的贤人。"（子贡又）问："他们有怨恨吗？"（孔子）说："他们求仁而得到了仁，为什么又怨恨呢?"(子贡)出来(对冉有)说:"老师不会帮助。"

十五 子曰:"饭疏食饮水,曲肱而枕之,乐亦在其中矣。不义而富且贵,于我如浮云。"①

【注释】①疏食,孔注菜食,朱注粗饭,翟氏四书考异,疏兼有粗、菜二义,今从粗义讲。孔子饭则粗食、饮水,眠则曲其臂而枕之。穷虽如是,而乐亦在其中。乐者乐其道也。

【译文】孔子说:"吃粗食,饮凉水,弯曲手臂当枕头睡,乐趣就在这当中啊!不合义理而得到的富贵,对我来说就像天边的浮云一般(虚无缥缈)。"

十六 子曰:"加我数年,五十以学《易》,可以无大过矣。"

【译文】孔子说:"给我增加几年寿命,让我在五十岁时去研习《易经》,就能没有大的过失了。"

十七 子所雅言,《诗》、《书》、执礼,皆雅言也。①

【注释】①孔子所用雅言,是在诵读或教授诗书执礼之时。

【译文】孔子有时讲规范语言,吟诵《诗经》、《尚书》及行礼时,都是如此。

十八 叶公问孔子于子路，子路不对。子曰："女奚不曰：'其为人也，发愤忘食，乐以忘忧，不知老之将至云尔。'"①

【注释】①集解："孔安国曰，叶公，名诸梁，楚大夫，食采于叶，僭称公。不对者，未知所以答也。"叶公问孔子于子路，子路不对。事后孔子知之，乃自述为人云云，以语子路。发愤忘食三句，文易晓，意思如何，孔子未加说明，诸注所云，皆是揣测之辞。

【译文】叶公向子路询问孔子（是什么样的人），子路不回答。孔子（知道后）说："你何不回答说：'这个人啊，一发愤用功，连吃饭都忘了，学习有心得的时候，心里感到快乐，把一切忧虑全忘了，连自己已经快要老了都不知道。'"

十九 子曰："我非生而知之者，好古，敏以求之者也。"①

【注释】①集解："郑玄曰，言此者勉劝人于学也。"

【译文】孔子说："我不是天生就知道一切道理的，我只是喜欢研读古代典籍，又很勤敏用功，努力求来的。"

二十 子不语怪、力、乱、神。①

【注释】①集解："王肃曰，怪，怪异也。力，谓若奡荡舟，乌获举千钧之属也。乱，谓臣弑君，子弑父也。神，谓鬼神之事也。或无益于教化也，或所不忍言也。"

【译文】孔子不谈论怪异、勇力、悖乱、鬼神。

二十一 子曰："三人行，必有我师焉。择其善者而从之，其不善者而改之。"①

【注释】①集解何晏注："言我三人行，本无贤愚。择善从之。不善改之。故无常师。"皇疏："我师彼之长，而改彼之短。彼亦师我之长，而改我之短。既更相师法，故云无常师也。"

【译文】孔子说："三人同行，必定有我可以学习效法的地方！择取其中好的地方学习，不好的地方改正。"

二十二 子曰："天生德于予，桓魋其如予何?"①

【注释】①孔子至宋，与诸弟子演礼大树下。宋桓公后代司马向魋，向是桓公之族，故亦称桓魋，其人甚恶，欲杀孔子，已拔其树。诸弟子欲抵抗，孔子不许，乃离去。

【译文】孔子说："上天把德赋予了我，桓魋能把我怎么样呢?"

二十三 子曰："二三子以我为隐乎? 吾无隐乎尔。吾无行而不与二三子者，是丘也。"①

【注释】①集解："包曰：'二三子，谓诸弟子。圣人智广

述而第七 **077**

道深，弟子学之不能及，以为有所隐匿。故解之也。我所为无不与尔共之者，是丘之心也。'"

【译文】孔子说："学生们，你们以为我对你们有什么隐瞒的吗？我是丝毫没有隐瞒的。我没有什么事不是和你们一起去做的。我孔丘就是这样的人。"

二十四　子以四教：文、行、忠、信。①

【注释】①皇疏："李充曰：'其典籍辞义谓之文。孝悌恭睦谓之行。为人臣则忠。与朋友交则信。此四者教之所先也。故以文发其蒙，行以积其德，忠以立其节，信以全其终也。'王伯厚困学纪闻，四教以文为先，自博而约，四科以文为后，自本而末。"

【译文】孔子以六艺典籍、德行、忠诚、守信四项内容教授学生。

二十五　子曰："圣人吾不得而见之矣，得见君子者，斯可矣。"子曰："善人吾不得而见之矣，得见有恒者，斯可矣。亡而为有，虚而为盈，约而为泰，难乎有恒矣。"①

【注释】①圣人者，何平叔集解曰："疾世无明君也。"

【译文】孔子说："圣人我是看不到了，能看到君子，这就可以了。"孔子又说："善人我是看不到了，能见到始终如一（保持好的品德）的人，这也就可以了。没有却假装拥有，

空虚却假装充实，穷困却假装富足，这样的人是难以守常有
素的。"

二十六 子钓而不纲，弋不射宿。①

【注释】①孔子钓鱼时，只用一竿一钩，不用纲绳多钩。
弋射时，只射飞鸟，不射栖宿之鸟。集解："孔安国曰，钓者
一竿钓也。纲者为大纲，以横绝流，以缴系钩，罗属著纲也。
弋，缴射也。宿，宿鸟也。"

【译文】孔子钓鱼，但又不截流网鱼。只射飞鸟，不射巢
中歇宿的鸟。

二十七 子曰："盖有不知而作之者，我无是也。多闻，择
其善者而从之，多见而识之，知之次也。"①

【注释】①集解："包曰，时人有穿凿妄作篇籍者，故云
然。"多闻下："孔曰，如此者，次于生知之者也。"不知而妄
自创作者，当时盖有其人，孔子决不如此。多闻多见者，如
《孟子·滕文公》篇云："世衰道微，邪说暴行有作。孔子惧，
作《春秋》。《春秋》，天子之事也。是故孔子曰，知我者其唯
《春秋》乎。罪我者其唯《春秋》乎。"

【译文】孔子说："有一种人什么都不懂却在那里凭空创
造，我却没有这样做过。多听，选择其中好的来依从，多看，
然后加以辨别，这是仅次于'生而知之'的智慧。"

二十八　互乡难与言，童子见，门人惑。①子曰："与其进也，不与其退也。唯何甚？人洁己以进，与其洁也，不保其往也。"

【注释】①集解："郑玄曰，互乡，乡名也，其乡人言语自专，不达时宜。而有童子来见孔子。门人怪孔子见也。"

【译文】(孔子认为)很难与互乡那个地方的人谈话，但互乡的一个童子却受到了孔子的接见，学生们都感到迷惑不解。孔子说："我是肯定他的进步，不是肯定他的倒退。何必做得太过分呢？人家改正了错误以求进步，应该鼓励他改正错误，不要追究他的过去。"

二十九　子曰："仁远乎哉？我欲仁，斯仁至矣。"①

【注释】①仁不在远，欲仁，此仁即至。

【译文】孔子说："仁难道离我们很远吗？我想要达到仁，这就是仁来了。"

三十　陈司败问："昭公知礼乎？"孔子曰："知礼。"孔子退，揖巫马期而进之，曰："吾闻君子不党，君子亦党乎？君取于吴，为同姓，谓之吴孟子。君而知礼，孰不知礼？"巫马期以告。子曰："丘也幸，苟有过，人必知之。"①

【注释】①孔子为昭公受过，此为守礼也。幸者，皇疏说："若使司败无讥，则千载之后，遂承信我言，用昭公所行为知礼，则礼乱之事从我而始。今得司败见非，而我受以为过，则后人不谬，故我所以为幸也。"

【译文】陈国司败问："鲁昭公懂得礼吗？"孔子说："懂得礼。"孔子出来后，陈国司败向巫马期作了个揖，请他走近自己，对他说："我听说，君子是没有偏私的，难道君子还包庇别人吗？鲁君在吴国娶了一个同姓的女子做夫人，是国君的同姓，称她为吴孟子。如果鲁君算是知礼，还有谁不知礼呢？"巫马期把这话告诉了孔子。孔子说："我真是幸运，如果有错，有人能及时指出来。"

三十一　子与人歌而善，必使反之，而后和之。①

【注释】①古时宴客，有歌有和，礼也。孔子与客人歌，若见歌之善者，必请客人再歌一次，然后自己和之。圣人虚心学习，于此可见一斑。古人和诗，亦是礼，今人不会诗，令人和之，则失礼矣。

【译文】孔子同别人一起唱歌，如果唱得好，一定要请他再唱一遍，然后再应和他。

三十二　子曰："文，莫吾犹人也。躬行君子，则吾未之有得。"①

【注释】①文是文章典故，莫是勉强之义。孔子谦曰，论及文章典故，吾勉强犹如他人，若言所为之事皆合君子之道，则吾未能也。

【译文】孔子说："就书本知识来说，我和别人差不多。在生活中身体力行地做一个君子，那我还没有做到。"

三十三 子曰："若圣与仁，则吾岂敢？抑为之不厌，诲人不倦，则可谓云尔已矣。"公西华曰："正唯弟子不能学也。"①

【注释】①孔子是至圣，然不但不敢自名圣人仁者，甚至君子之名亦不自许，谦德如此，所以能为至圣。

【译文】孔子说："说到圣与仁，那我怎么敢当！不过（向圣与仁的方向）努力实行而不满足，教诲别人也从不感觉疲倦，则可以这样说。"公西华说："这正是我们这些学生学不了的。"

三十四 子疾病，子路请祷。子曰："有诸？"子路对曰："有之。《诔》曰：'祷尔于上下神祇。'"子曰："丘之祷久矣。"①

【注释】①孔子平时言行纯善，决不违背天地神明，事事如祷，所以说"丘之祷久矣"。此是无日而不祷之意。既然平素就事事如祷，为什么还罹患重病呢？那就要归于天命了。例如孔子问伯牛疾病时，叹说"命矣夫"。这章书无异是圣人提示祈祷的要义。

【译文】孔子病重，子路向鬼神祈祷。孔子说："有这回事吗？"子路说："有的。《诔》文上说：'为你向天地神灵祈祷。'"孔子说："我早就在祈祷了。"

三十五 子曰："奢则不孙，俭则固。与其不孙也，宁固。"①

【注释】①集解："孔安国曰，俱失之也。奢不如俭。奢则僭上，俭则不及礼耳。固，陋也。"奢是奢侈。孙与逊音义相同，不逊就是不恭顺。俭是节俭。固是鄙陋。奢侈则不恭顺，节俭则鄙陋，与其不恭顺，还不如鄙陋好。这是讲礼，奢侈与节俭都不合乎中道。奢侈失之太过，节俭失之不及，但是奢侈不逊，便是傲气凌人，后来必召祸患，节俭固陋遭人讥评而已，两者比较起来，不逊过失大，固陋过失小。所以孔子主张宁愿固陋。

【译文】孔子说："一个人如果奢侈浮华，就会缺乏谦虚忍让，如果过分节省，就会显得简陋草率。两相比较，与其不能谦虚忍让而凌人，宁可简陋一些。"

三十六 子曰："君子坦荡荡，小人长戚戚。"①

【注释】①这章书是孔子辨别君子和小人两种相反的心理。

君子何以坦荡荡，小人何以长戚戚。

【译文】孔子说："君子心胸宽广，光明正大，因此坦然自在；小人自私自利，患得患失，所以常怀忧惧。"

三十七　子温而厉，威而不猛，恭而安。①

【注释】①普通人，温与厉不能兼而有之，威又必然带猛，恭敬便显得拘束不安。孔子不然，望之俨然，即之也温，听其言也厉。有威仪，但不凶猛。恭而有礼，但无拘束，一切安详自适。这是记孔子德行自然显露的情形。

【译文】孔子待人，温和而严肃，威严却不粗暴，谦恭而安详。

泰伯第八

一　子曰："泰伯，其可谓至德也已矣。三以天下让，民无得而称焉。"①

【注释】①孔子是周朝人，所以用"天下"二字。孔子称赞泰伯的道德，高到了极处。他曾经以天下三度让给季历，人民不知道如何称颂他的至德。泰伯与仲雍托词要到南方时，古公、季历，心里都明白，他们父子兄弟均以国事为重，彼此在心照不宣中完成让国大事。我们读这一章书，当学太王的眼力，泰伯、仲雍让国的道德。最难得的是泰伯，让得那样和平，而且处置得合情合理，所以孔子称许他至德。

【译文】孔子说："泰伯，可以说是品德至高无上的人了。他三次把王位让出，老百姓都不知该如何来称颂他的至德了。"

二　子曰："恭而无礼则劳，慎而无礼则葸，勇而无礼则乱，直而无礼则绞。①君子笃于亲，则民兴于仁。故旧不遗，则民不偷。"

【注释】①恭敬、谨慎、勇敢、直率，都是很好的行为，但若违背礼节，那就有弊病。恭敬若不合乎礼，则必劳苦，而又贻笑大方，例如对长辈行礼，长辈指示"一礼"，就必须一礼而止，如果不止，一定要行三次，那就违背长者之命，行礼反致失礼，可谓劳而无功。

【译文】孔子说："恭敬若不符合礼，就会劳累；谨慎而不符合礼，就会懦弱；勇猛而不符合礼，就会莽撞；直爽而不符合礼，就会说话尖刻。君子能厚待自己的亲属，老百姓就致力于仁德；君子能不遗弃老朋友，老百姓就不会对人冷漠无情了。"

三 曾子有疾，召门弟子曰："启予足！启予手！①《诗》云：'战战兢兢，如临深渊，如履薄冰。'而今而后，吾知免夫，小子！"

【注释】①启予足！启予手：集解郑玄曰："启，开也。曾子以为，受身体于父母，不敢毁伤之，故使弟子开衾视之也。"

【译文】曾子有病，把学生叫到身边说道："看看我的脚！看看我的手（看看有没有损伤）！《诗经》上说：'小心谨慎呀，如同面临深渊，如同践履薄冰。'从今以后，我知道我的身体是不再会受到损伤了，弟子们！"

四 曾子有疾，孟敬子问之。曾子言曰："鸟之将死，其鸣也哀；人之将死，其言也善。君子所贵乎道者三：动容貌，斯远暴慢矣；正颜色，斯近信矣；出辞气，斯远鄙倍矣。笾豆之事，则有司存。"①

【注释】①君子所要注重的事情有三项：一是动必注重容貌，从仪容举止，推及一切事，都有秩序，这就能远离他人的暴慢不敬。二是正其颜色，对人要态度庄重，这就能令人以信实相待。三是说话要说得适当，要说得清楚，然后他人始不违背。

【译文】曾子有病，孟敬子去看望他。曾子对他说："鸟快死去时，叫声是悲哀的；人快死去时，说的话是善意的。君子所应当重视的道有三个方面：容貌庄重严肃，这样可以避免粗暴、放肆；端正仪态神色，这样就接近于诚信；注意言辞声调，这样就可以避免粗野和背理。至于祭祀和礼节仪式，自有主管这些事务的官吏来负责。"

五 曾子曰："以能问于不能，以多问于寡，有若无，实若虚，犯而不校，昔者吾友尝从事于斯矣。"①

【注释】①曾子说，自己有才能，却问没有才能者。自己见识多，却问见识少者。有而自觉如无，实而自觉如虚。无故受人侵犯，而不报复。昔日我的老友曾如此实行。

【译文】曾子说："有才能却向没有才能的人请教，见识多却向见识少的人请教，有学问却像没学问一样，知识很充实却好像很空虚，被人侵犯也不报复，从前我的一位朋友（颜回）曾如此实行过。"

六 曾子曰："可以托六尺之孤，可以寄百里之命，临大节而不可夺也。君子人与？君子人也。"①

【注释】①可以托孤，可以寄命，以及临大节而不可夺其志的人，依曾子的看法，此人一定是君子。这里所称的"君子人"，乃具有优越的办事能力，与高尚的品德。

【译文】曾子说："可以把年幼的君主托付给他，可以把国家的政权托付给他，面临生死存亡的紧急关头而不动摇屈服。这样的人称得上君子吗？当然是君子啊！"

七 曾子曰："士不可以不弘毅，任重而道远。仁以为己任，不亦重乎！死而后已，不亦远乎！"①

【注释】①曾子以为，做士人，不可以不弘毅。因为士人的责任重大，而且所行之道遥远。如何重大？以行仁为自己应负的责任。如何遥远？这种大责任要一直负下去，到死为止。

【译文】曾子说："士不能不宽宏坚毅，因为责任重大而路途遥远。他以行'仁道'于天下为己任，这个责任不是很重大吗？至死方休，这段路程不是很远吗？"

八 子曰:"兴于诗,立于礼,成于乐。"①

【注释】①兴于诗,《尚书·舜典》说:"诗言志。"毛诗序说:"在心为志,发言为诗。"作诗有兴赋比三种方法。包注:"兴,起也。"也就是发的意思,由于他事兴起自心之志,经外发而为言,此即言志之诗。

【译文】孔子说:"(一个人的修养)开始于学诗,自立于学礼,完善于学乐。"

九 子曰:"民可使由之,不可使知之。"①

【注释】①民,就是民众。由,古注为用,或为从。但亦可作"行"字讲。由之知之的"之"字,所指的当是政治与教育。古时明君,皆以礼乐施政,亦以礼乐施教。因此,中国自古称为礼乐之邦。

【译文】孔子说:"民众可以让他们按道行事,却无法让他们懂得所以然之理。"

十 子曰:"好勇疾贫,乱也。人而不仁,疾之已甚,乱也。"①

【注释】①小人作乱,往往演为世间大祸。防祸之端,首须对待不仁之人不疾之太甚,进而长期以道德感化,促其自新。

【译文】孔子说："人喜好勇敢而抱怨穷困，会作乱。对不仁的人，如果憎恶过甚，就会引起祸乱。"

十一　子曰："如有周公之才之美，使骄且吝，其余不足观也矣。"①

【注释】①周公是孔子所景仰的圣人。才是才艺，美是办事完美。如有人像周公那样的才与美，假使他因此骄傲，而且吝啬，其余，虽有小善，也就不值得一观了。周公的德行非常高，孔子不拿德来做比喻，因为如有周公之德的人，便不会骄而且吝。

【译文】孔子说："如果拥有像周公那样美好的才能，假如骄傲而且吝啬，其他方面就不足观了。"

十二　子曰："三年学，不至于谷，不易得也。"①

【注释】①"谷"字应当禄字解。三年学，不在乎求俸禄，这样的人不易得。孔子不反对学者做官，做官当然有俸禄，但须认识做官的目的在治国安民，不在求禄。当时有此认识的人不多，所以孔子说不易得，意思是希望学者建立正确的认识。

【译文】孔子说："连续三年求学，还没有做官念头，是不易做到的。"

十三 子曰："笃信好学，守死善道。危邦不入，乱邦不居。天下有道则现，无道则隐。邦有道，贫且贱焉，耻也。邦无道，富且贵焉，耻也。"①

【注释】①好学是求道的基本条件，不好学，不能得道，此理必须深信。

【译文】孔子说："信仰坚定而好学不倦，守节至死完善大道。不进入将有危难的国家，不居留在发生动乱的国家。天下清平就出仕做官，世道昏乱就隐居。国家政治清明时，却贫困卑贱不能有所作为，是耻辱；国家政治混乱时，不肯退隐，仍然富有显贵，是耻辱。"

十四 子曰："不在其位，不谋其政。"①

【注释】①不在这个地位，就不要管这个地位上的事情，免得侵犯他人的职权。假使他人来问，只能在理论上提出意见，供他参考，不能说翔实的办法。例如哀公问政，孔子只对哀公讲为政的原则，不在政治实务上替他出主意。

【译文】孔子说："君子不在那个职位上，就不参与谋划计议那个职位的具体政务。"

十五 子曰："师挚之始，《关雎》之乱，洋洋乎盈耳哉！"①

【注释】①师挚是鲁国掌管音乐的太师，名挚。周代各种典礼，例如祭祀，乡饮酒、大射、燕礼等，都有音乐演奏。乐谱已经失传，乐辞就是《诗经》里的诗篇。

【译文】孔子说："从太师挚演奏的序曲开始，到最后演奏《关雎》的结尾，耳中充满了美盛的乐声啊！"

十六 子曰："狂而不直，侗而不愿，悾悾而不信，吾不知之矣。"①

【注释】①孔子说"我不了解他们"，语气温和。但是这些人应该自省。如遇这三种人，只可远之，不可疾之已甚。疾甚，则必促其作乱。

【译文】孔子说："狂妄而不正直，无知而不谨慎，表面诚恳而不守信用，我真不明白这种人。"

十七 子曰："学如不及，犹恐失之。"①

【注释】①这是两句话，不能作一句讲。学如不及，开始求学，好像追人，而有追不及的感觉。这是努力求取学业进步的意思。下句是讲勤学有得以后，必须温习，犹如得了一物恐怕遗失，所以说"犹恐失之"。刘氏正义："如不及，故日知所亡。恐失，故月无忘所能。"

【译文】孔子说："学习知识就像追赶什么追不上那样（要努力追求进步），（学而有得之后）又担心会丢掉一样（要时常

温习)。"

十八 子曰:"巍巍乎,舜、禹之有天下也,而不与焉!"[1]

【注释】①集解何晏注:"美舜禹也。言己不与求天下而得之。巍巍,高大之称。"依何晏集解,这是赞美舜禹,不求而得天下。

【译文】孔子说:"真是崇高啊!舜和禹拥有天下,却好像与他们不相关!"

十九 子曰:"大哉,尧之为君也!巍巍乎,唯天为大,唯尧则之。荡荡乎,民无能名焉。巍巍乎,其有成功也。焕乎,其有文章!"[1]

【注释】①"大哉"是孔子总赞尧帝为君之辞。巍巍乎,唯有天是如此高大。天之高大,唯尧能则之。孔注:"则,法也。"尧能取法乎天,尧即如天之大。荡荡乎,尧的大德广远无际,民众莫能名其状况。

【译文】孔子说:"尧这样的君主真伟大啊!多么崇高啊,唯有天最高大,唯有尧才能效法天的高大。(他的恩德)多么浩瀚啊,百姓们真不知道该用什么语言来表达对他的称赞。他的功绩多么崇高啊!他的各种事业典章是多么光辉啊!"

二十　舜有臣五人而天下治。武王曰："予有乱臣十人。"孔子曰："才难，不其然乎？唐、虞之际，于斯为盛，有妇人焉，九人而已。三分天下有其二，以服事殷。周之德，其可谓至德也已矣。"①

【注释】①舜有臣五人：集解孔安国说，五人"是禹、稷、契、皋陶、伯益"。稷就是周家的始祖，教民稼穑，有德于民。予有乱臣十人：《尚书·泰誓》，武王曰："予有乱臣十人。"这是周武王伐纣誓众之辞，"予"字代表周家。乱是治理的意思。

【译文】舜有五位贤臣，天下便太平。周武王也说过："我有十个帮助我治理国家的臣子。"孔子说："人才难得，难道不是这样吗？唐尧和虞舜之间（及周武王这个时期），人才是最盛了。但十个大臣当中有一个是妇女，实际上只有九个人而已。周文王得了天下的三分之二，仍然侍奉殷朝。周朝的德行大概可以说是最高的了。"

二十一　子曰："禹，吾无间然矣。菲饮食而致孝乎鬼神，恶衣服而致美乎黻冕，卑宫室而尽力乎沟洫。禹，吾无间然矣。"①

【注释】①无间然：间读监音，当非议的非字讲。无间然，是无可非议的意思。黻冕：黻读服音。古时天子临朝或祭祀，所穿的礼服名为黻，所戴的礼帽名为冕。礼服的上衣下裳绣以日、月、星辰、宗彝、黼黻等十二种文采。

【译文】孔子说："对于禹，我实在是无可非议了。他的饮食很简单，然而祭祀鬼神的祭品却必丰富；他平时穿的衣服很简朴，而礼服却尽量穿得华美；他居室简陋，而致力于修治水利事宜。对于禹，我实在是无可非议了。"

子罕第九

一　子罕言利与命与仁。①

【注释】①罕，稀少。言，直言。

【译文】孔子平日甚少谈论功利、命运和仁德。

二　达巷党人曰："大哉孔子！博学而无所成名。"子闻之，谓门弟子曰："吾何执？执御乎？执射乎？吾执御矣。"①

【注释】①达巷党，难以考定。人，或指为项橐，或指为甘罗，也难考。孔子志于道，据于德，依于仁，游于艺，的确是博学。

【译文】达巷党这个地方有人说："孔子真伟大啊！他学问渊博，因而不能用某方面的专长来赞誉他。"孔子听说了，对他的学生说："我要专长于哪个方面呢？驾车呢？还是射箭呢？我还是驾车吧。"

三　子曰："麻冕，礼也，今也纯，俭，吾从众。拜下，礼也，今拜乎上，泰也。虽违众，吾从下。"①

【注释】①麻冕改为纯冕，孔子取其俭，未说有其他弊端，至于拜下改为拜上，那是当时为人臣者的骄泰作风，孔子决不同流，所以，一则可以从众，一则不得不违众。

【译文】孔子说："用麻布做礼帽，符合礼的规定。现在大家都用丝绸制作，这样比过去节省了，我赞成大家的做法。(臣见国君)首先要在堂下跪拜，这也是符合礼的。现在大家都到堂上跪拜，这是骄纵的表现。虽然与大家的做法不一样，我还是主张先在堂下拜。"

四　子绝四：毋意，毋必，毋固，毋我。①

【注释】①修道的人就要对此用功夫，开始时，困知勉行，练习毋意、毋必、毋固、毋我，然后步步进修，时时提醒自己，必须毋此四者。至于孔子的境界，功夫已至从心所欲不逾矩，无往而不率性，连这"毋"字也就自然的绝了。

【译文】孔子戒绝四项事情：不臆测，不专断，不固执，不自大。

五　子畏于匡，曰："文王既没，文不在兹乎？天之将丧斯文也，后死者不得与于斯文也。天之未丧斯文也，匡人其如予何？"①

【注释】①孔子周游列国时，经过匡地，遭匡人围禁五天。孔子被匡人误围，一时解释不清，情况险恶，便以天不丧斯文的道理安慰随行的弟子们。

【译文】孔子被匡地的人们所围困时，他说："周文王死了以后，周代的礼乐文化不都在我这里吗？上天如果想要消灭这种文化，那我就不可能掌握这种文化了。上天如果不消灭这种文化，那么匡人又能把我怎么样呢？"

六　太宰问于子贡曰："夫子圣者与？何其多能也？"子贡曰："固天纵之将圣，又多能也。"子闻之，曰："太宰知我乎？吾少也贱，故多能鄙事。君子多乎哉？不多也。"①

【注释】①鄙事是小事，虽然会得很多，但与修道以及治国平天下没有关系。不但圣人，即使君子，也不必多能鄙事，所以说："君子多乎哉，不多也。"圣人是成了道的人。以多能为圣，那是误解。

【译文】太宰问子贡说："孔夫子是位圣人吧？为什么这样多才多艺呢？"子贡说："这本是上天让他成为圣人，而且使他多才多艺。"孔子听到后说："太宰怎么会了解我呢？我小时候贫贱，因此学会了许多平常的技艺。君子需要这么多的技艺吗？不需要这么多啊。"

七 牢曰："子云：'吾不试，故艺。'"①

【注释】①孔子自说未替国家办事，所以能多学技艺。孔子、周公，都是圣人，尚且多艺，普通人岂能一无所长。

【译文】子牢说："孔子说过：'我（年轻时）没有去做官，所以学会了不少技艺。'"

八 子曰："吾有知乎哉？无知也。有鄙夫问于我，空空如也，我叩其两端而竭焉。"①

【注释】①本性空空，而有大用，所以一个没有学问的鄙夫来问孔子时，孔子只问明鄙夫所问之事的利弊两端，然后将两端说清楚，把要说的话都说尽了，是为"竭焉"。说清楚以后，采用与否，由鄙夫自己决定。《中庸》说舜执其两端，此处是说孔子叩其两端。舜是自用，孔子是对鄙夫而竭，虽然不尽相同，但都是中道。

【译文】孔子说："我有知识吗？我实在无知啊！如果有一个粗人来问我，我一无所知，我也只是就他所提的问题，从正反两端推究，尽我所能回答。"

九 子曰："凤鸟不至，河不出图，吾已矣夫！"①

【注释】①集解孔安国注："有圣人受命，则凤鸟至，河出图。今天无此瑞。吾已矣夫者，伤不得见也。河图，八卦是也。"《尚书·益稷》篇："凤凰来仪",《周易·系辞传》："河出图,洛出书,圣人则之。"凤鸟不至,河不出图,看不见祥瑞,孔子借此感叹不逢明君,不能行其大道。

【译文】孔子说："凤凰不来临,黄河中也不出现八卦图了。我的道也到尽头了吧!"

十　子见齐衰者、冕衣裳者与瞽者,见之,虽少,必作,过之,必趋。①

【注释】①齐衰者,是穿丧服的人。齐衰音资摧,是五种丧服中次重的一种。丧服最重的是斩衰。皇疏："言齐,则斩从,可知。而大功,不预也。"这里所举的齐衰包括斩衰在内。五服,即斩衰、齐衰、大功、小功、缌麻五种,以亲疏为差等。冕衣裳者,皇疏："冕衣裳者,周礼大夫以上之服也。"

【译文】孔子遇见穿丧服的人、官位至于大夫的人和盲人时,即使他们十分年轻,也一定要站起来,经过的时候,一定要快步走过。

十一　颜渊喟然叹曰:"仰之弥高,钻之弥坚,瞻之在前,忽焉在后。夫子循循然善诱人,博我以文,约我以礼,欲罢不能。既竭吾才,如有所立卓尔。虽欲从之,末由也已。"①

【注释】①颜子在孔子善诱之下,学而时习之,充满喜悦,纵然想把道放下不修，却放不下，所以说"欲罢不能"，由是尽力学习，乃自谓卓然如有所立。立是立下根基，这是谦虚话，其实颜子的道行早已超过这个境界。最后总结前文，虽欲从之，即是顺从善诱，继续进修，但因弥高弥坚，末由也已，犹未至于究竟。

【译文】颜渊感叹道："（对于老师的道德与学问）我抬头仰望，越望越觉得高；我努力钻研，越钻研越觉得不可穷尽。看着它好像在前面，忽然又像在后面。老师善于一步步引导我，用各种典籍来丰富我的知识，用礼节来约束我的言行，使我想停止学习都不可能。直到我用尽了全力，大道似乎卓然在前。虽然我想要追随上去，却没有前进的路径了。"

十二　子疾病，子路使门人为臣。病间，曰："久矣哉，由之行诈也。无臣而为有臣。吾谁欺？欺天乎？且予与其死于臣之手也，无宁死于二三子之手乎？且予纵不得大葬，予死于道路乎？"①

【注释】①最后两句，孔子的意思是说，大家以弟子的身份为我治丧，名正言顺，而且亲切，何必死于假臣之手。况且纵然没有家臣为我举行大葬，我也不会死于道路。大葬，集解："孔安国曰，君臣礼葬。"遵守礼制，是这一章经重要的意义，其他不必详考。曾子笃学圣人，所以临终易箦。

【译文】孔子得了大病，子路让门徒们去担任孔子的家臣（料理后事）。后来，孔子的病好了一些，他说："仲由很久以来就干这种弄虚作假的事情。我明明没有家臣，却偏偏要装作有家臣，我骗谁呢？我骗上天吧？与其在家臣的侍候下死去，我宁可在你们这些学生的侍候下死去，这样不是更好吗？而且即使我不能以大夫之礼来安葬，难道就会死在路边吗？"

十三　子贡曰："有美玉于斯，韫椟而藏诸？求善贾而沽诸？"子曰："沽之哉！沽之哉！我待贾者也。"①

【注释】①韫椟，据马融注："韫，藏也。椟，匮也。藏诸匮中也。"藏诸沽诸的两个"诸"字，是"之乎"或"之欤"的合音字。善贾，是识货的贾人。沽，是卖。子贡设一个比喻问孔子，有美玉在此，是放在匮中而藏之欤？还是求能识货的贾人而卖之欤？孔子答复时，连说两句"沽之哉"，加重语气，有卖的意思，但不炫卖，随即自加注解，"我只能待贾者来买"。此章问答，全用比喻，意在言外。有道德，有学问，当然要入世，为人造福，但是不能求售于人。

【译文】子贡说："这里有一块美玉，是把它放在柜子里藏起来好呢？还是找一个识货的商人卖掉呢？"孔子说："卖掉它吧！卖掉它吧！我正在等着识货的人呢。"

十四　子欲居九夷。或曰："陋，如之何？"子曰："君子居之，何陋之有？"①

【注释】①孔子志在行道，而道不行，但不怨天尤人，此处不行，可往他处，所以"欲居九夷"。"欲"是仅有此意而已。有人认为，九夷之地鄙陋，奈何能居。陋是意指没有文化，人民不懂礼义。孔子说，君子居在那里，就不陋了。君子，是泛指能教化人群的人。学儒当学孔子那样存心淑世的精神。

【译文】孔子想要到九夷去居住，有人说："九夷那么落后，文化又闭塞，怎么能住呢？"孔子说："君子住在那里，怎么会落后、闭塞呢？"

十五 子曰："吾自卫反鲁，然后乐正，《雅》《颂》各得其所。"①

【注释】①郑注与皇疏都说，在鲁哀公十一年冬天，孔子从卫国回到鲁国，那时鲁国的礼乐已经崩坏，孔子便定正音乐，《雅》《颂》等诗章也归于正了。各字是兼说《雅》《颂》两者，意思是说，使得《雅》是《雅》，《颂》是《颂》，所以说"各得其所"。

【译文】孔子说："我从卫国返回到鲁国以后，才订正了乐章，使《雅》《颂》各得其所。"

十六 子曰："出则事公卿，入则事父兄，丧事不敢不勉，不为酒困，何有于我哉？"①

【注释】①孔子说，出去办政治，便按道理侍奉公卿等长官。到了家里，便按道理侍奉父母兄长。办理丧事，不敢不勉力。不受酒的困乱。这四桩事，我能做到哪一桩呢？"何有于我哉？"有不敢承当之意。事公卿，是办国家大事。事父兄，孔子曾说："《书》云：孝乎惟孝，友于兄弟，施于有政。"不能说是小事。父母之丧是第一大事。讲到酒，夏禹王饮了仪狄所造的好酒，便说："后世必有人因为饮酒而亡国。"于是他就疏远仪狄，戒了酒。

【译文】孔子说："出外做官侍奉公卿，在家生活孝敬父兄，有丧事不敢不尽力，不因为酒而误事，这些事哪件我做到了呢？"

十七　子在川上，曰："逝者如斯夫，不舍昼夜。"①

【注释】①孔子在川岸上看水时，说了句感叹的话："逝者就像这水，日夜不停地流去。""不舍昼夜"的"舍"字，当"止"字讲，不舍就是不停止的意思。逝者的"逝"字，依古注，当往去讲。逝者，指世间一切人事物，无一不像川水，迁流无常，谁也不能使其常有。孔子这两句话，有诗意，有禅意，只许意会，难以讲解。

【译文】孔子在河川上，说："世间一切就像这流水一样，昼夜不停地流，一去不复返。"

十八　子曰："吾未见好德如好色者也。"①

【注释】①孔子在卫国时，卫灵公与夫人南子同乘一辆车子出去游览。南子要求孔子一同去。孔子因为作客，不便拒绝，就乘另一辆车随同出去。灵公与南子等遂在大街上招摇而过。这时候，孔子很不以为然，国君不办公事，却带夫人在街上招摇，给人看了做何感想。因此便说："吾未见好德如好色者也。"然后就离开卫国，前往曹国。

【译文】孔子说："我从来没有见过喜好德行如同喜好美色的人。"

十九 子曰："譬如为山，未成一篑，止，吾止也！譬如平地，虽覆一篑，进，吾往也！"①

【注释】①篑是盛土的器具。譬如堆积一座山，尚未完成，只亏欠最后一篑土，如果从此止住，便不能成功，那不能埋怨别人，只怨自己停止。又譬如在平地上覆下一篑土，就比原地高，再进一篑，更高，最后成功了，也和别人不相干，而是自己肯往下努力的结果。

【译文】孔子说："譬如堆土山，只差一箩筐土就可以完成，却停止不做了，这是我自己停止不前的啊！又譬如平地，虽然才倾倒一箩筐的土，如果我能持续向前，日积月累，终有成功之一日，这样不停地前进，也是我自己决定的啊！"

二十 子曰："语之而不惰者，其回也与！"①

【注释】①集解："颜渊解，故语之而不惰。余人不解，故有惰语之时。"不惰，采用古注，指孔子说话不厌倦。颜回闻一知十，听孔子讲话，不违如愚，所以孔子教颜子，愈教愈有兴趣，不感觉厌倦。

【译文】孔子说："听我说话而能始终毫不懈怠的人，只有颜回一个吧！"

二十一　子谓颜渊曰："惜乎！吾见其进也，未见其止也。"①

【注释】①孔子与人谈话，谈到已死的颜渊时，便感叹说："可惜！"接之便说颜子生前用功的情形，"我只见他一直往前进，从未见他停止过。""未见其止"，古注又有解释"未见他到止境"，意思是未能看他成为圣人。这也讲得通。

【译文】孔子谈到颜渊时说："可惜呀！我只见他不断进步，从来没有见他停止过。"

二十二　子曰："苗而不秀者有矣夫，秀而不实者有矣夫！"①

【注释】①种谷，有的生了苗而不出穗，有的虽出穗而不结实。这几句话不知孔子指何人说的，不必考证。求学，不能"苗而不秀"，也不能"秀而不实"，一定要求满意的成果。

【译文】孔子说："庄稼出了苗而不能吐穗扬花是有的，吐穗扬花而不结果也是有的。"

二十三 子曰:"后生可畏,焉知来者之不如今也。四十、五十而无闻焉,斯亦不足畏也矣!"①

【注释】①后生,是二十岁以前的年轻人。可畏,是不可轻视的意思。焉知来者之不如今也,此意是说,后生的前途,不可限量。怎么知道他将来不如我们呢?然而,如果到四十岁,或到五十岁,他的学问事业尚未听说有何成就,他也不十分可畏了。

【译文】孔子说:"年少的人,是最值得敬畏的,哪里知道后来的这一辈,不如现在这些人呢?如果到了四五十岁,还是默默无闻,没有作为,那就不值得敬畏了。"

二十四 子曰:"法语之言,能无从乎?改之为贵。巽与之言,能无说乎?绎之为贵。说而不绎,从而不改,吾末如之何也已矣。"①

【注释】①"法语"是古圣人所说的话,"之言"是根据法语所说的言辞。这些言辞都合正道,不能不听从。但是听了以后,要改正自己的行为,这才可贵。

【译文】孔子说:"符合礼法的正言规劝,谁不会接受呢?但(只有按它来)改正自己的错误才是可贵的。恭顺赞许的话,谁能听了不高兴呢?但只有认真推究它(的真伪是非)才是可贵的。只是高兴而不去分析,只是表示听从而不改正错误,（对这样的人）我也没有办法了。"

二十五　子曰：主忠信，毋友不如己者，过，则勿惮改。①

【注释】①郑康成注，"主"当"亲"字讲。主忠信，就是亲近忠信的人，拜为老师。交友，必须志同道合，不然，就是不如己。"如"字当"似"字讲，不似己的人，不要和他结交为友。人非圣人，都有过失，有过不能自知，经师友指点出来，不要怕难而不改。《学而》篇"君子不重"章后段，与这一章相同。皇侃引范宁说，同一件事，孔子过一段时候再训示弟子，弟子尊重师训，又记录下来。邢昺疏则以为，记论语者不止一人，所以有重出。

【译文】孔子说："君子应当亲近忠信的人，不要和不如己的人为友，如发现自己有了过失，不要害怕去改。"

二十六　子曰："三军可夺帅也，匹夫不可夺志也。"①

【注释】①夺得了三军的将帅，夺不了匹夫的志向。周朝军队的制度，天子六军，诸侯大国三军，到春秋时，三军变为称呼军队的通名。孔安国注，三军人数虽多，但人心不一，所以可夺取其将帅。刘宝楠《正义》引《尚书·尧典》疏说，士大夫以上，有妾媵，庶人只是一夫一妻相匹配，后来单身也称为匹，例如叫匹夫匹妇。匹夫是个孤单的人，没有势力，然而他的志向只要坚守不失，谁也不能夺取。志不可夺，没有办不成的事情。

【译文】孔子说："三军虽众，其统帅仍有被劫夺的可能，普通百姓却不能迫使他改变志向。"

二十七 子曰："衣敝缊袍，与衣狐貉者立，而不耻者，其由也与？'不忮不求，何用不臧？'"①子路终身诵之。子曰："是道也，何足以臧？"

【注释】①北方冬天，普通人穿缊袍御寒，富贵人家则穿皮衣。缊袍，古注有说是乱丝做的，有说是乱麻做的，不必详考。狐貉是两种野兽，貉与狐相似，有好睡的习性，毛有花纹。用狐皮做的皮衣，又暖又轻，非常名贵，貉皮更贵。穿破旧的缊袍，与穿狐貉皮衣的人站在一起，而不感觉羞耻，能够这样的，只有仲由。普通人穿了破衣服，与人一比，总觉得可耻。修道的人要把心放在道上，不耻恶衣恶食。但要做到这一点，非常不容易。子路做到了，所以孔子称赞他。

【译文】孔子说："穿着破旧的丝棉袍子，与穿着狐貉皮袍的人站在一起，而不认为是可耻的，这样的人恐怕只有仲由吧。《诗经》上说：'不嫉妒，不贪求，这样的人怎么会不善呢？'"子路听了以后经常讽诵这句诗。孔子又说："只做到这样，怎么能说够好了呢？"

二十八　子曰："岁寒，然后知松柏之后凋也。"①

【注释】①岁暮天寒之后，才知松树柏树后凋。普通树木到冬天都凋尽了叶子，枝也枯了。松柏在严寒时，只受一些凋伤，直到春天，生长新枝，才落旧叶，所以叫后凋。古注以岁寒比喻乱世，松柏比喻君子。在乱世时，小人变节，君子不改操守。何晏注："喻凡人处治世，亦能自修整，与君子同。在浊世，然后知君子之正，不苟容也。"刘宝楠引翟灏《四书考异》，以为这是孔子在陈绝粮时所说的话。《考异》举《庄子·让王》篇："孔子说，天寒既至，霜雪既降，吾是以知松柏之茂也。陈蔡之隘，于丘其幸乎。"

【译文】孔子说："要到天气寒冷的时候，才能知道松树与柏树是最后凋零的。"

二十九　子曰："知者不惑，仁者不忧，勇者不惧。"①

【注释】①这是三达德，儒家必修之学。《礼记·中庸》篇，孔子对鲁哀公说："知仁勇三者，天下之达德也。"知同智。有智慧的人能把事理看得明白，所以不惑。普通人常为患得患失而忧，仁人存公心，尚施予，不患得失，所以不忧。有勇气的人办事不怕困难，见义必定勇为，所以不惧。具备这三达德，办一切事都能成功。

【译文】孔子说："有智慧的人，心无疑惑；有仁德的人，心无忧愁；有勇气的人，心无恐惧。"

三十 子曰："可与共学，未可与适道；可与适道，未可与立；可与立，未可与权。"①

【注释】①学、道、立、权，四个境界，层次分明。学是各种学问。道是修行圣人的大道。立是修道而能立定根基。权是推行大道而能通权达变。求学的人多，修道的人少，所以可与共学，未可与适道。"适"字作"之"字讲，之就是往，适道就是往道上走，也就是修道。同是修道的人，未必都能立道。孔子十五岁志于学，三十而立。普通人修学几十年，不一定就能立，可见其难。所以，可与适道，未可与立。纵然可与立，然而讲到行权，则须随机变化，变的结果，恰好与道相合。如果没有权变的智慧，决定办不到。所以，可与立，未可与权。

【译文】孔子说："可以一起学习的人，未必都能一起修道；能够一起修道的人，未必能够一起坚守道；能够一起坚守道的人，未必能够一起通权达变。"

三十一 "唐棣之华，偏其反而。岂不尔思，室是远而。"子曰："未之思也，夫何远之有？"①

【注释】①前四句是逸诗，以下两句是孔子论述。何晏集解以此解释前面"未可与权"的道理，因此与前合为一章。宋儒苏东坡以及朱子都不以为然，而另分一章。

【译文】古代有一首诗这样写道："唐棣的花朵啊，翩翩地摇摆。我岂能不想念你呢？只是由于家住的地方太远了。"孔子说："他还是没有真的想念，如果真的想念，还有什么遥远不遥远的呢？"

乡党第十

一 孔子于乡党，恂恂如也，似不能言者。其在宗庙、朝廷，便便言，唯谨尔。①

【注释】①乡党，就是雍也篇所说的邻里乡党。郑康成注，一万两千五百家为一乡，五百家为一党。这里只表示乡里或家乡的意义。

【译文】孔子在家乡，显得很温和恭敬，好像是不会说话。但他在宗庙里、朝廷上，却很善于言辞，只是出言比较谨慎而已。

二 朝，与下大夫言，侃侃如也；与上大夫言，訚訚如也。君在，踧踖如也，与与如也。①

【注释】①孔子在朝廷，与下大夫说话，显示和乐的样子，与上大夫说话，显示中正的样子，当君主视朝时，则恭敬而又从容。这是记载孔子在朝中言语礼节恰到好处。侃侃，和乐。訚訚，中正。是照孔注讲解。"侃"字，据刘宝楠说，是衎的假借字。《尔雅·释诂》：衎，乐也。《说文》：衎，喜貌。马融注："踧踖，恭敬之貌。与与，威仪中适之貌。"

【译文】孔子在上朝的时候，与下大夫交谈，温和而快乐；与上大夫交谈，正直而公正。国君临朝，则恭敬小心，仪态得体。

三　君召使摈，色勃如也，足躩如也。揖所与立，左右手，衣前后，襜如也。趋进，翼如也。宾退，必复命曰："宾不顾矣。"①

【注释】①鲁君召孔子，使他担任摈职，陪接外国贵宾。孔子奉召时，脸色勃然变得肃敬，脚步躩速，不敢懈慢。当时两君相见的礼仪，宾主各有陪同人员，这叫作"副"。宾的"副"叫作"介"，主的"副"叫作"摈"。摈分三等，叫作上摈、承摈、绍摈或末摈。介也分为上介、承介、末介三等。

【译文】国君召孔子去接待宾客，孔子脸色立即庄重起来，脚步也快起来，他向和他站在一起的人作揖，分别向左右拱手，衣服前后摆动，却整齐不乱。快步走的时候，如同鸟儿展开双翅。宾客走后，必定向君主回报说："客人已经不再回头看了。"

四　入公门，鞠躬如也，如不容。立不中门，行不履阈。过位，色勃如也，足躩如也，其言似不足者。摄齐升堂，鞠躬如也，屏气似不息者。出，降一等，逞颜色，怡怡如也。没阶，趋进，翼如也。复其位，踧踖如也。①

【注释】①公门就是君主之门，孔子走进君门时，肃然起敬，像是要鞠躬的样子，其谨慎之状，犹如无所容身。

【译文】孔子走进朝廷的大门，像鞠躬似的弯下身，如同不能容身一样。站立不挡在门的中间，行走也不踩门槛。经过国君的座位时，他的脸色立刻庄重起来，脚步也加快起来，说话也好像力气不足一样。提起衣服下摆向堂上走的时候，恭敬谨慎，憋住气好像停止呼吸一样。退出来，走下台阶，脸色便舒展开了，显出怡然自得的样子。走完了台阶，快步前行，姿态像鸟儿展翅一样。回到自己的位置，依然是恭敬而不安的样子。

五　执圭，鞠躬如也，如不胜。上如揖，下如授。勃如战色，足蹜蹜，如有循。享礼，有容色。私觌，愉愉如也。①

【注释】①圭是一种瑞玉，国君使臣到外国聘问，必授瑞玉，以为信物。孔子出使外国，在行聘问礼时，执持君之玉，至为谨慎，所以"鞠躬如也"。

【译文】（孔子出使别的诸侯国，）拿着圭，像鞠躬似的弯下身来，如同拿不动一样。向上举时好像在作揖，放在下面时好像是给人递东西。面色庄重，战战兢兢，步子很小，好像沿着一条直线往前走。在举行赠送礼物的仪式时，显得和颜悦色。以私人身份拜见时，就显得轻松愉快。

六　君子不以绀緅饰，红紫不以为亵服。当暑，袗絺绤，必表而出之。缁衣，羔裘；素衣，麑裘；黄衣，狐裘。亵裘长，短右袂。必有寝衣，长一身有半。狐貉之厚以居。去丧，无所不佩。非帷裳，必杀之。羔裘玄冠不以吊。吉月，必朝服而朝。①

【注释】①君子即称孔子，绀是深青而含赤色，緅是深青而带微黑，两者都与黑色相近。饰是在衣服的领口与袖口上缘边。孔子穿的衣服，不用绀緅二色饰边，因为绀饰是齐祭之服，緅饰是丧祭之服。

【译文】君子不用深青透红或黑中透红的布镶边，不用红色或紫色的布做便服。夏天穿粗的或细的葛布单衣，但一定要套在内衣外面。黑色的羔羊皮袍，配黑色的罩衣。白色的鹿皮袍，配白色的罩衣。黄色的狐皮袍，配黄色的罩衣。平常在家穿的皮袍做得长一些，右边的袖子短一些。睡觉一定要有睡衣，要有一身半长。用狐貉的厚毛皮做坐垫。丧服期满，脱下丧服后，便佩戴上各种各样的装饰品。如果不是礼服，一定要加以剪裁。不穿着黑色的羔羊皮袍和戴着黑色的帽子去吊丧。大年初一，一定要穿着上朝的礼服去朝拜君主。

七　齐，必有明衣，布。齐必变食，居必迁坐。①

【注释】①齐，即是斋。祭祀前，必须斋戒沐浴，祭祀时始有感应。

【译文】斋戒沐浴时，一定要有浴衣，是用布做的。斋戒时一定要改变平常的饮食，居处必须改换往常的寝室。

八　食不厌精，脍不厌细。食饐而餲，鱼馁而肉败，不食。色恶，不食。臭恶，不食。失饪，不食。不时，不食。割不正，不食。不得其酱，不食。肉虽多，不使胜食气。唯酒无量，不及乱。沽酒市脯，不食。不撤姜食，不多食。①

【注释】①酒从外面买来，未必清洁，脯自外面买来，不知是何物之肉，所以都不食。不撤姜食，不多食。撤是撤去，姜能去邪味，发正气，所以不撤去，但不多食姜食。

【译文】食物不嫌做得精，鱼和肉不嫌切得细。食物放久变味，鱼和肉腐烂了，都不吃。食物的颜色变了，不吃。烹调的食物臭气恶劣，不吃。烹调不当，不吃。不合时令的东西，不吃。用残忍的方法宰杀的动物的肉，不吃。佐料放得不适当，不吃。席上的肉虽多，但吃的量不超过米面的量。只有酒没有限制，但不喝醉。从市上买来的肉干和酒，不吃。进食时不去除姜，但不吃得太多。

九　祭于公，不宿肉。祭肉不出三日。出三日，不食之矣。①

【注释】①祭于公，是陪君祭祀，祭毕，君赐祭肉，不待经宿，即须分享，表示不留神惠。自家祭祀，其祭肉不能超过三天，免亵鬼神之余。公祭或家祭之肉超过三天，已经陈腐，便不能食，只好敬而埋之。

【译文】孔子陪国君参加祭祀典礼时，不把分得的祭肉留到第二天。家祭用过的肉不超过三天。超过三天，就不吃了。

十 食不语，寝不言。虽疏食菜羹，必祭，必齐如也。①

【注释】①食不语，寝不言。吃饭睡眠皆不是说话的时候。吃饭时，口中嚼物，睡眠时，安静休息，故不宜言语。但在宴会时，敬酒敬菜，也不能不说话，朋友也有连床夜话的情形，然而亦须少说。

【译文】吃饭的时候不讲话，睡觉的时候不聊天。即使是粗米饭、蔬菜汤，吃饭前也要把它们取出一些来祭祖，一定像斋戒那样虔诚。

十一 席不正，不坐。①

【注释】①席不正不坐。《史记·孔子世家》将此句记在"割不正不食"下。古时未用桌椅，以席铺地而坐。铺席必须端正，不正则不坐。

【译文】座席放得不端正，不坐。

十二　乡人饮酒，杖者出，斯出矣。①

【注释】①在宴会中，必须尊敬老年人，年龄最长者，必坐上席。乡人饮酒，可以饮醉，既醉则难免举止失常，但有杖者在场，虽醉仍须安静。此时，杖者不退席，孔子不敢退，杖者退出，孔子亦随之退出，可任宴会大众毫无拘束地欢宴。此记孔子参加乡人饮酒时，既能敬老，又近人情。

【译文】行乡饮酒的礼仪结束后，（孔子）一定要等老年人都出去了，自己才出去。

十三　乡人傩，朝服而立于阼阶。①

【注释】①乡人傩，是乡人驱逐疫鬼的风俗。

【译文】乡里人举行迎神驱鬼的宗教仪式时，孔子总是穿着朝服站立在东边的台阶上。

十四　问人于他邦，再拜而送之。康子馈药，拜而受之，曰："丘未达，不敢尝。"①

【注释】①问是聘问，或是问候。问人于他邦，即是问候在他国的友人。这里所记，不是孔子亲往问候，而是使人或托人去问候，所以下句说"再拜而送之"。

【译文】（孔子）托人给其他诸侯国的朋友问候送礼，再次拜谢后送别。季康子给孔子赠送药品，孔子拜谢之后接受了，说："我对药性不了解，不敢尝。"

十五　厩焚，子退朝，曰："伤人乎?"不问马。①

【注释】①厩是马舍，俗称马房。焚即失火焚烧。孔子的马厩遭了火灾。孔子退朝回家，未问是否伤马。

【译文】孔子家的马房遭受火灾，孔子退朝回来知道后，问："有没有人受伤?"没有询问马的情况。

十六　君赐食，必正席先尝之。君赐腥，必熟而荐之。君赐生，必畜之。侍食于君，君祭，先饭。①

【注释】①君赐予熟的食物，孔子必定正其席位，先尝食少许，表示敬受国君的惠赐。

【译文】国君赐给熟食，孔子一定摆正座席先尝一尝。国君赐给生肉，一定煮熟了，先给祖宗上供。国君赐给活物，一定要饲养起来。同国君一道吃饭，在国君举行饭前祭礼的时候，一定要先尝一尝。

十七　疾，君视之，东首，加朝服，拖绅。①

【注释】①北方为尊，君位坐北朝南。臣见君，必须穿朝服，面对北方，君则南面。孔子疾病。鲁君亲临探视。孔子卧床不能起，因而首向东方，右侧而卧，便是自己面北，而君面南。又因卧病不能穿朝服，遂用朝服盖在身上，再以束朝服的绅带拖在上面，以示如穿朝服。此记孔子虽在病中，尊君之礼仍不疏忽。

【译文】孔子病了，国君前来探视，他便头朝东躺着，把朝服盖在身上，并放上绅带。

十八　君命召，不俟驾行矣。①

【注释】①国君命令召见，孔子不待车驾，立即步行。郑康成注："急趋君命，行出，而车驾随之。"

【译文】国君召见（孔子），他不等车马驾好就动身。

十九　朋友死，无所归，曰："于我殡。"朋友之馈，虽车马，非祭肉，不拜。①

【注释】①朋友死，没有亲人办丧事，是谓"无所归"，孔子即说"于我殡"。停枢待葬叫作殡，此处可包括殡葬等全部丧事。因为朋友死无所归，才这样为他治丧，如有家属，则不可如此，丧事应由其家属做主。朋友馈赠，虽是车马，但非祭肉，则不拜受。据孔安国注，朋友有通财之义，所以不拜。祭肉是祭祀时供神供祖之肉，祭毕分赠朋友者，价钱虽比不上车马，但以礼重，所以孔子受赠必拜。朋友是五伦中的一伦，此记孔子待友之道。

【译文】（孔子的）朋友去世了，没有亲属负责办理丧事，孔子说："丧事由我来办吧。"朋友馈赠物品，即使是车马，只要不是祭肉就不行拜礼。

二十　寝不尸，居不客。①

【注释】①尸不作死尸讲。古时祭祀，以孙辈穿先祖之衣，端坐如神，代表先祖受祭，是名为尸。寝不尸，是说在寝室行动可以随意，不必端坐如尸。居不客，应从《经典释文》以及唐石经作"客"字。孔子居家，安然自适，不以客礼与家人相处。

【译文】（孔子）睡觉时不仰卧平躺如僵尸，平日家居也不像做客或接待客人时那样讲究姿势、礼仪。

二十一　见齐衰者，虽狎，必变。见冕者与瞽者，虽亵，必以貌。凶服者式之。式负版者。有盛馔，必变色而作。迅雷风烈，必变。①

【注释】①齐衰者是穿丧服的人。瞽者是盲人。孔子看见穿丧服的人，虽是亲狎之友，但因他遭遇变故，所以必定变容，表示同情。看见冕者与瞽者，虽是经常亵见之人，也必以适当的礼貌待之。

【译文】（孔子）看见穿丧服的人，哪怕关系再亲密，也要十分严肃起来。看见戴冠冕的和盲人，哪怕是常在一起的，也一定要有礼貌。在乘车时遇见穿丧服的人，便俯伏在车前横木上致礼（以示同情）。遇见背负国家图籍的人，也这样致礼（以示敬意）。如果有丰盛的筵席，必定改变神色并站起来致谢。遇见迅雷大风，一定会改变神色（以示对上天的敬畏）。

二十二　升车，必正立，执绥。车中，不内顾，不疾言，不亲指。①

【注释】①绥是设在车上的绳子，供人援引上下车。升车即是上车。通常由御者将绥递给乘车者，便其援之而上。孔子上车时，为保持安稳，必定正立执绥。车中不内顾，即是不往后看，免致后面的人有所不安。不疾言，免得惊扰他人。不以手亲自指点，为免惑众。由此可见孔子无处不为人设想。

【译文】上车时，一定先直立站好，然后拉着供人上下车的绳子上车。在车上，不看车内，不高声说话，不指指点点。

二十三　色斯举矣，翔而后集。曰："山梁雌雉，时哉时哉！"子路共之，三嗅而作。①

【注释】①共是拱手之义，读拱音。"嗅"字据集注引刘聘君的意见，当作"狊"字，古阒反，读局音，其义为鸟张两翅，见《尔雅·释兽》郭璞注。清儒江声认为这两句意思，便是子路向雉拱手，雉却张翅起飞而去。此说较诸古注为优。"时哉时哉"含意深远。

　　【译文】鸟见到人神色不善就飞了起来，盘旋飞翔后才落下来。孔子说："这山岗上的鸟儿，真是动静得时啊！"子路向它们拱拱手，它们鸣叫着向远方飞去。

先进第十一

一　子曰："先进于礼乐，野人也；后进于礼乐，君子也。如用之，则吾从先进。"①

【注释】①我国自古称为礼乐之邦。礼尚恭敬，乐尚和平，两者都是以仁为本。然礼乐往往因时因人而演变。此章意义，古注有多种异解，兹采一种解释。先进于礼乐，是在孔子以前的时代，学礼乐者都很朴素，看起来，是乡野之人。后进于礼乐，在孔子当时，学礼乐者不像乡下人那样朴素，其人言行注重文饰，看起来，是君子。但是讲到实用，孔子则从先进的礼乐。因为先进犹近古风，不失仁本，可使风俗归于淳朴。

【译文】孔子说："前辈对于礼乐典制，崇尚质朴，好像乡下人一样；后辈对于礼乐典制，文过其质，好像士大夫君子一样。如果使用礼乐，我愿意依从前辈。"

二　子曰："从我于陈、蔡者，皆不及门也。"①

【注释】①随孔子受厄于陈、蔡的诸弟子，皆不及门。朱子集注将此章与下面德行章合为一章，且以四科弟子为从孔子于陈、蔡者，此时皆不在孔门，所以孔子思之。陈、蔡之厄，是孔子周游列国时一次困苦的遭遇。《卫灵公》篇所记"在陈绝粮"，即指此事而言。据《史记·孔子世家》记载，当时吴国伐陈，楚国出兵救陈，闻孔子在陈、蔡之间，便派人来聘孔子。孔子将往楚国，陈、蔡二国大夫唯恐楚国重用孔子以后，将危害他们，因此共同派人围困孔子，以致断绝粮食。后来孔子派子贡到楚国，楚昭王出兵来接孔子，始替孔子解了围。据江永《乡党图考》，此事发生在鲁哀公四年。从孔子于陈、蔡的诸弟子，《史记·孔子世家》载有颜渊、子贡、子路，《史记·仲尼弟子列传》有子张，《吕氏春秋·慎人》篇有宰予，此外则无考据。

【译文】孔子说："曾跟随我到陈国、蔡国去的那些弟子，现在都不在我跟前。"

三　德行：颜渊、闵子骞、冉伯牛、仲弓。言语：宰我、子贡。政事：冉有、季路。文学：子游、子夏。①

【注释】①此章开头无"子曰"二字，据皇疏说，这是记者所书，并从孔子印可，而录在论中。德行、言语、政事、文学，是孔门四科教育，颜子等十位大弟子各以特长分属四科，德行列为第一，足见道德教育最为重要。

【译文】德行见长的有：颜渊、闵子骞、冉伯牛、仲弓。善于辞令的有：宰我、子贡。擅长政事的有：冉有、季路。擅长文学的有：子游、子夏。

四　子曰："回也非助我者也，于吾言无所不说。"①

【注释】①颜回非有助益于孔子，因孔子说的话，颜回无所不悦。孔子之言，颜子一闻即悟，所以孔子曾说："吾与回言终日，不违如愚。"既然一听就能完全领会，便只喜悦于心，不再发问。既无问题，孔子便不再发挥，而在座的其他弟子不能获益，因而孔子的教化不能普益他人。所以说"回也非助我者也"。这是孔子所作的反面文章，言外之意，则是赞美颜子悟性极佳。

【译文】孔子说："颜回不是一个有助于我答问的人，他对我说的话没有不心悦诚服的。"

五　子曰："孝哉闵子骞，人不间于其父母昆弟之言。"①

【注释】①不间，即是没有嫌隙，这是由于闵子骞以孝行感动父母，能以齐家，使外人对他的父母昆弟无话可说。

【译文】孔子说："闵子骞真孝顺呀！人们对于他的父母兄弟称赞他的话，没有任何异议。"

六　南容三复白圭，孔子以其兄之子妻之。①

【注释】①白圭是白色的瑞玉，《毛诗·大雅抑》篇："白圭之玷，尚可磨也。斯言之玷，不可为也。"玷是玉上的缺点，尚可磨灭，若言语有缺失，则不可磨。"三复"的"三"字，代表多次。南容读诗，读到这四句，多次复诵思维，可见他慎于言语，求其无玷。孔子将其兄的女儿嫁给南容。《大戴礼记·卫将军文子》篇曾说南容"独居思仁，公言言义"。这两句话很重要。独居思仁，是慎独的功夫。公言言义，即对众人说话必须合乎正义，以为公众法则。

【译文】南容反复吟诵《诗经》中关于白圭的诗句。孔子就将自己的侄女嫁给了他。

七　季康子问："弟子孰为好学？"孔子对曰："有颜回者好学，不幸短命死矣，今也则亡。"①

【注释】①季康子想进用人才，所以问孔子有哪一位弟子好学。求才何以问好学，因为人才由好学而来。《雍也》篇哀公问弟子孰为好学，孔子对之详细，此处对之简单，何为其然，不必考据。

【译文】季康子问孔子："您的学生中谁最为好学？"孔子回答说："有个叫颜回的最好学，但不幸短命死了，现在没有了。"

八　颜渊死，颜路请子之车以为之椁。子曰："才不才，亦各言其子也。鲤也死，有棺而无椁。吾不徒行以为之椁。

以吾从大夫之后，不可徒行也。"①

【注释】①孔子周游列国，回到鲁国，虽不做大夫，但国家有大事，仍然上朝，故谦言："从大夫之后。"颜路之请，或因礼制不合，所以孔子不许。其他原因，古注所说不一，存疑。

【译文】颜渊死了，（他的父亲）颜路请求孔子卖掉车子，给颜渊买个外椁。孔子说："无论有无才能，总是自己的儿子。孔鲤死的时候，也是有棺无椁。我没有卖掉自己的车子给他买椁。因为我曾经当过大夫，是不可以步行的。"

九　颜渊死，子曰："噫！天丧予！天丧予！"①

【注释】①在其三千弟子中，颜子最能了解孔子之道，他听孔子与言终日，不违如愚。他在孔子的心中，是道统的继承人，是圣教的辅佐者。颜子一死，孔子遽失辅佐，道统无人继承，天下苍生将如之何。因此，有天亡我的感受，所以发出如此悲痛的叹息。

【译文】颜渊死了，孔子说："唉！是老天真要我的命呀！是老天真要我的命呀！"

十　颜渊死，子哭之恸。从者曰："子恸矣。"曰："有恸乎？非夫人之为恸而谁为？"①

【注释】①颜渊死。孔子到颜家吊哭，哀伤过度。随行的诸弟子对孔子说："子恸矣。"恸而不自知，经弟子提醒，故先疑问："有恸乎？"既而一想，确是过于哀伤，便说，"非夫人之为恸而谁为？""夫人"当"此人"讲，即指颜子而言，意思是，不为颜渊恸，当为谁恸呢？由前章"天丧予"，可以了解此章"哭之恸"的悲心。

【译文】颜渊死了，孔子哭得极其悲痛。跟随孔子的人说："您悲痛过度了！"孔子说："悲伤过度了吗？我不为这样的人悲伤过度，还能为谁呢？"

十一　颜渊死，门人欲厚葬之，子曰："不可。"门人厚葬之。子曰："回也视予犹父也，予不得视犹子也。非我也，夫二三子也。"①

【注释】①门人，是孔子的弟子，也就是颜子的师兄弟。他们要以厚礼葬颜子。孔子不许可，但未能阻止，因此感叹说："回，待我如父，而我不得待你如子，使你的丧葬不合礼，这不是我，而是由你的师兄弟所使然。"

【译文】颜渊死了，孔子的学生们想厚葬他。孔子说："不能这样做。"学生们仍然隆重地安葬了他。孔子说："颜回把我当父亲一样看待，我却不能把他当亲生儿子一样看待。这不是我的意思，是那些学生们干的呀。"

十二 季路问事鬼神。子曰："未能事人，焉能事鬼？"曰："敢问死？"曰："未知生，焉知死？"①

【注释】①孔子之道，无不有死生鬼神，易理至详。而后人以佛言即避去，必大割孔地而后止。千古大愚，无有如此，今附正之。

【译文】季路问如何去侍奉鬼神。孔子说："不能侍奉人，怎么能侍奉鬼呢？"季路说："请问死是怎么回事？"孔子回答说："还不知道生的道理，怎么能知道死呢？"

十三 闵子侍侧，訚訚如也；子路，行行如也；冉有、子贡，侃侃如也。子乐。"若由也，不得其死然。"①

【注释】①闵子骞等四人侍于孔子之侧。闵子方正，子路刚强，冉有、子贡和乐。孔子见四位弟子各自坦率地显露其性情，不禁欢乐。"若由也，不得其死然。"若字上的"曰"字，据皇疏本。

【译文】闵子骞侍立在孔子身旁，和悦而温顺；子路是一副刚强的样子；冉有、子贡是温和快乐的样子。孔子很高兴。（孔子）说："像仲由那样，只怕会死于非命吧！"

十四 鲁人为长府。闵子骞曰："仍旧贯，如之何？何必改作？"子曰："夫人不言，言必有中。"①

【注释】①鲁人为长府，是将长府改建。长府为鲁国财货武器聚藏之所，在鲁君宫内。为长府，不是单纯的改建房屋，而是别有企图。

【译文】鲁国改造聚藏财货武器的长府。闵子骞道："保持原样，怎么样？何必改建呢？"孔子道："这个人平日很少说话，一说就中的。"

十五　子曰："由之瑟，奚为于丘之门？"门人不敬子路。子曰："由也升堂矣，未入于室也。"①

【注释】①瑟是一种乐器。瑟有易止而难进的意义。《白虎通·礼乐》篇论五声八音说："瑟者，啬也、闲也，所以惩忿窒欲，正人之德也。"因此，弹瑟时，要心平气和。集解马注："子路鼓瑟，不合雅颂。"雅颂之音，令人心气和平。子路性情刚勇，弹瑟或许欠缺和平的意味。《说苑·修文》篇以及《孔子家语》，都说子路鼓瑟有北鄙杀伐之声。所以孔子说："在我门中的仲由，弹瑟为何弹出这样的音调。"门人不解孔子的语意，因此不敬子路，孔子再用比喻解释，仲由的造诣犹如已经升堂，尚未入室而已。孔门弟子求学，譬如入门、上阶、登堂、入室，由浅入深、程度不等。入室，如颜子，固然最难，子路升堂又何尝易得。圣人教育，步步引进，子路虽已升堂，但尚未能入室，所以论其弹瑟，正是期其续求深入。

【译文】孔子说："仲由这样鼓瑟，为何要到我门下来呢？"孔子的学生们因此都不尊敬子路。孔子便说："仲由嘛，他已经登上了殿堂，只是还没有进入内室罢了。"

十六 子贡问："师与商也孰贤？"子曰："师也过，商也不及。"曰："然则师愈与？"子曰："过犹不及。"①

【注释】①师是子张，商是子夏。孰贤，是谁比较高明。子贡想知道师、商二人谁优于谁，所以如此问孔子。孔子答复，子张过之，子夏不及。子贡再问："然则师愈与。""愈"字作"胜"字讲。孔子解释："过犹不及。""犹"字表示两者平等，譬如行路，以达目的地为恰到好处，不及或者超过，都是未达目的地，所以，无分轩轻。孔子讲中道，要在无过无不及。

【译文】子贡问孔子："子张和子夏二人哪个贤能？"孔子回答说："子张过头了些，子夏不够了些。"子贡说："那么是子张强一些吗？"孔子说："过头和不够是一样的。"

十七 季氏富于周公，而求也为之聚敛而附益之。子曰："非吾徒也。小子鸣鼓而攻之，可也。"①

【注释】①季氏就是季康子。鲁国三家权臣，季氏的权力最大。他拥有最多的土地，比当时天子的宰卿周公还要富得多，但他仍感不足，要向民众加征赋税。孔子的弟子冉求做季氏家宰，替季氏聚敛，以增加其财富。

【译文】季氏的富有超过了周公，而冉求还帮他搜刮来增加他的钱财。孔子说："他不是我的学生了，你们大张旗鼓地去攻击他都没有关系！"

十八　柴也愚①，参也鲁②，师也辟，由也喭。

【注释】①柴也愚：弟子高柴，字子羔，少孔子三十岁。②参也鲁：集解："孔曰：鲁，钝也，曾子性迟钝。"迟钝是不够敏捷，但曾子用功勤恒，如"吾日三省吾身"，以及笃学忠恕之道，终于弥补其缺点，获大成就。

【译文】高柴愚直，曾参迟钝，颛孙师偏激，仲由鲁莽。

十九　子曰："回也其庶乎，屡空。①赐不受命，而货殖焉，亿则屡中。"

【注释】①回也其庶乎，屡空：庶乎，是差不多的意思。

【译文】孔子说："颜回的学问道德接近于完善了吧，可是他的心常是空的。端木赐不听天命的安排，去做买卖，推测行情，却常常得手。"

二十　子张问善人之道。子曰："不践迹，亦不入于室。"①

【注释】①子张问善人之道。善人是乐于做善事的人，尚非圣人贤人，但学圣贤，须先学善。善人之道的"道"字重要，善人要学圣贤，其道如何。孔子答复，如不实践圣贤的足迹，虽学，亦不入于室，不能成为圣人。践迹，就是学习贤人与圣人的行为。

【译文】子张问怎样做善人。孔子说："不践行圣贤成法旧辙，则其学问和修养达不到精妙完善之境地。"

二十一 子曰："论笃是与，君子者乎？色庄者乎？"①

【注释】①古注以此与前文合为一章，集解何晏注："论笃者，谓口无择言。君子者，谓身无鄙行也。色庄者，不恶而严，以远小人者也。言此三者，皆可以为善人也。"皇疏："此亦答善人之道也，当是异时之问，故更称子曰。俱是答善，故共在一章也。"《朱子集注》因为另有"子曰"二字，所以别作一章解释。

【译文】孔子说："言论笃实诚恳就表示赞许，不过还要区分他是真君子呢，还是装模作样的伪君子。"

二十二 子路问："闻斯行诸？"子曰："有父兄在，如之何其闻斯行之？"冉有问："闻斯行诸？"子曰："闻斯行之。"公西华曰："由也问'闻斯行诸'，子曰'有父兄在'；求也问'闻斯行诸'，子曰'闻斯行之'。赤也惑，敢问。"子曰："求也退，故进之；由也兼人，故退之。"①

【注释】①"闻斯行诸"，即是"闻斯行之乎"。"诸"是合音字，用在句末，就是"之乎"二字或"之欤"二字的合音。

"之"字就是所闻的那件事情。仲由、冉求二人问题相同，孔子答案不同，公西华因此发生疑惑，所以他说："赤也惑，敢问其中的道理。"孔子答复公西华，冉求性退，所以引进他；仲由办事，一办就兼办二人分，所以抑退他。退则进之，进则退之，便是因材施教。

【译文】子路问："听到了就行动吗？"孔子说："有父兄在，怎么能听到就行动呢？"冉有问："听到了就行动吗？"孔子说："听到了就行动。"公西华说："仲由问'听到了就行动吗'，您回答说'有父兄健在'；冉求问'听到了就行动吗'，您回答'听到了就行动'。我被弄糊涂了，冒昧地向老师请教。"孔子说："冉求总是谦退，所以我鼓励他；仲由好胜，所以我抑制他。"

二十三　子畏于匡，颜渊后。子曰："吾以女为死矣。"曰："子在，回何敢死？"①

【注释】①"子畏于匡"的"畏"字，不作畏惧解，可作被围解，其事实参见《子罕》篇"子畏于匡"章。孔子在匡，被匡人围困，后虽脱险，却与弟子失散，颜渊落在后面，最后才赶上来，孔子一见便说："我以为你死了。"颜渊说："老师在，弟子怎敢死。"孔子知道颜子不会死，"吾以女为死矣"是一时欢喜的反义语。颜子说"子在"，也是知道孔子不会死，所以说"回何敢死"。孔、颜师弟相知之深，由此可以想见。

【译文】孔子被匡地的人围困，颜渊最后一个逃出来。孔子说："我以为你已经死了呢。"颜渊说："老师健在，我怎么敢死呢？"

二十四 季子然问："仲由、冉求可谓大臣与？"子曰："吾以子为异之问，曾由与求之问。所谓大臣者，以道事君，不可则止。今由与求也，可谓具臣矣。"曰："然则从之者与？"子曰："弑父与君，亦不从也。"①

【注释】①季氏在鲁国三家权臣中权力最大，上欺君，下欺民，大有阴谋篡位之嫌。孔子不答从或不从，但讲何事能从，何事不能从，所以说："弑父与君，亦不从也。"意思是说，一切事可以顺从，但如季氏弑鲁君，由、求绝不顺从。

【译文】季子然问："仲由和冉求可以称作大臣吗？"孔子说："我以为你是问什么特别的事，原来是问由和求呀。所谓大臣，是能够用周公之道的要求来侍奉君主，如果这样不行，他宁肯辞职不干。现在由和求这两个人，只能算是充数的臣子罢了。"季子然说："那么他们会一切都跟着季氏干吗？"孔子说："谋害父亲和君主的事，他们也不会跟着干的。"

二十五 子路使子羔为费宰。子曰："贼夫人之子。"子路曰："有民人焉，有社稷焉，何必读书，然后为学？"子曰："是故恶夫佞者。"①

【注释】①子路派子羔做费宰。费是鲁国的费邑，当时属季氏所有。宰是邑宰，如后世的县长。孔子主张学而优则仕，子羔学问尚未成熟，派他去做费宰，无异是害他，所以说"贼夫人之子"。

【译文】子路让子羔去费地做官。孔子说："这是误人子弟啊。"子路说："那个地方有老百姓、有社稷，治理百姓和祭祀神灵都是学习，为什么一定要读书才算学习呢？"孔子说："所以我讨厌那种花言巧语狡辩的人。"

二十六　子路、曾皙、冉有、公西华侍坐。子曰："以吾一日长乎尔，毋吾以也。居则曰：'不吾知也！'如或知尔，则何以哉？"①子路率尔而对曰："千乘之国，摄乎大国之间，加之以师旅，因之以饥馑，由也为之，比及三年，可使有勇，且知方也。"夫子哂之。"求，尔何如？"对曰："方六七十，如五六十，求也为之，比及三年，可使足民。如其礼乐，以俟君子。""赤，尔何如？"对曰："非曰能之，愿学焉。宗庙之事，如会同，端章甫，愿为小相焉。""点，尔何如？"鼓瑟希，铿尔，舍瑟而作，对曰："异乎三子者之撰。"子曰："何伤乎？亦各言其志也。"曰："莫春者，春服既成，冠者五六人，童子六七人，浴乎沂，风乎舞雩，咏而归。"夫子喟然叹曰："吾与点也！"三子者出，曾皙后。曾皙曰："夫三子者之言何如？"子曰："亦各言其志也已矣。"曰："夫子何哂由也？"曰："为国以礼，其言不让，是故哂之。""唯求则非邦也与？""安见方六七十如五六十而非邦也者？""唯赤则非邦也与？""宗庙会同，非诸侯而何？赤也为之小，孰能为之大？"

【注释】①此章记孔子隐居在家，与弟子闲谈其志。章分三段。第一段分二节。第一节记与闲谈的四弟子之名。其中曾皙，不必指为他人，就是曾子的父亲。第二节，孔子提示弟子各言其志。"以吾"的"以"字当"因"字讲。"毋吾以也"的"毋"字与"无"字通用，"以"字当"用"字讲。这一节，大意是说，因我年纪比你们长一些，我已无用了，但你们年纪还轻，现在闲居时，常说"不吾知也"，但或有人知道你们，那你们"则何以哉"，将如何办事呢？

【译文】子路、曾皙、冉有、公西华四个人陪坐在孔子身旁。孔子说："我比你们年长些，但你们不要拘束。你们平时总说'没有人了解我呀'。假如有人了解你们，那你们要怎样去做呢？"子路急忙回答："一个拥有一千辆兵车的国家，局促地夹在大国中间，外有兵戈相加，内有饥荒相困，让我去治理，只需三年，就能使人们勇敢善战，并懂得礼仪。"孔子听了，微微一笑。孔子又问："冉求，你怎么样呢？"冉求答道："方圆六七十里或五六十里的国家，让我去治理，三年以后，就能使百姓饱暖富有。至于这个国家的礼乐教化，就有待君子来施行了。"孔子又问："公西赤，你怎么样？"公西赤答道："我不敢说有能力，但是愿意学习。在宗庙祭祀的活动中，或者在同别国的盟会中，我愿意穿着礼服，戴着礼帽，做一个小相。"孔子又问："点，你怎么样呢？"这时曾皙弹瑟的声音逐渐放慢，接着"铿"的一声，离开瑟站起来，回答说："我和他们三位的想法不一样。"孔子说："没有关系，也就是

各人谈论自己的志向而已。"曾皙说："暮春三月，已经穿上了
春装，邀上五六位成年人，六七个少年，去沂河里沐浴，到舞
雩台上乘凉，一路唱着歌回来。"孔子长叹一声说："我是赞成
曾皙的想法的。"子路、冉有、公西赤三个人都出去了，曾皙
后走。曾皙问孔子说："他们三人的话怎么样？"孔子说："也
就是各自谈谈自己的志向罢了。"曾皙说："夫子为什么要笑仲
由呢？"孔子说："治理国家凭借礼让，可是他说话一点儿也
不谦让，所以我笑他。"曾皙又问："那么是不是冉求讲的不是
治理国家呢？"孔子说："哪里见得六七十里或五六十里见方
的地方就不是国家呢？"曾皙又问："公西赤讲的不是治理国
家吗？"孔子说："宗庙祭祀和诸侯会盟，这不是诸侯的事又
是什么？像赤这样的人如果只能做一个小相，那谁又能做大
相呢？"

颜渊第十二

一　颜渊问仁。子曰："克己复礼为仁。一日克己复礼，天下归仁焉。为仁由己，而由人乎哉？"颜渊曰："请问其目？"子曰："非礼勿视，非礼勿听，非礼勿言，非礼勿动。"颜渊曰："回虽不敏，请事斯语矣。"①

【注释】①克己就是克制自己，依马融"约身"讲，就是约束自己。复礼的"复"字，或作"反"字讲，或作"归"字讲，皆是相合的意思。

【译文】颜回问如何做到仁。孔子说："约束自身，使言行合乎礼，那就是仁了。果真有一天能做到这样，整个天下都会回归于仁。为仁与否完全在自己，不是靠别人啊！"颜回说："请问老师，实行仁的条目有哪些？"孔子回答说："不合礼节的不要看，不合礼节的不要听，不合礼节的话不要讲，不合礼节的事不要做。"颜回听了说："我虽然不够聪明，但我愿意遵照老师的这些话努力去奉行。"

二　仲弓问仁。子曰："出门如见大宾，使民如承大祭。己所不欲，勿施于人。在邦无怨，在家无怨。"仲弓曰："雍虽不敏，请事斯语矣。"①

【注释】①大宾，大祭，大意是说，出门与人相晤，犹如接见大宾，使用民力犹如承奉大祭。见大宾必须敬，承大祭必须诚，诚与敬即可为仁。

【译文】仲弓问什么是仁。孔子说："出门办事要像会见贵宾，役使百姓要像进行重大的祭祀。自己不愿意要的，不要强加于别人。做到在官府没人怨恨，在家族里也没人怨恨。"仲弓说："我虽然迟钝，也一定会遵循这些教导。"

三　司马牛问仁。子曰："仁者，其言也讱。"曰："其言也讱，斯谓之仁已乎？"子曰："为之难，言之得无讱乎？"①

【注释】①司马牛，宋国人，是孔子的弟子，《史记·仲尼弟子列传》说他名耕，字子牛。宋司马桓魋是他的哥哥。

【译文】司马牛问什么是仁。孔子说："仁人言语慎重。"司马牛说："言语慎重就叫作仁了吗？"孔子说："事情做起来很难，说时能不慎重吗？"

四　司马牛问君子。子曰："君子不忧不惧。"曰："不忧不惧，斯谓之君子已乎？"子曰："内省不疚，夫何忧何惧！"①

【注释】①在孔子看来，忧惧无济于事，反而有害于己，所以教他不忧不惧，而不忧不惧来自内省不疚，只要司马牛不参与桓魋弑君之谋，也不到宋君那里告发，内省对于他的哥哥以及宋君，皆无愧疚，不失为两全的办法。参前章问仁，这样的做法，就可算是仁者。

【译文】司马牛问如何做一个君子。孔子说："君子不忧愁、不恐惧。"司马牛说："不忧愁、不恐惧，这就叫作君子了吗？"孔子说："自己问心无愧，哪里还有忧愁和恐惧呢？"

五　司马牛忧曰："人皆有兄弟，我独亡。"子夏曰："商闻之矣：死生有命，富贵在天。君子敬而无失，与人恭而有礼，四海之内，皆兄弟也。君子何患乎无兄弟也？"①

【注释】①司马牛以无兄弟而忧，据郑康成注，牛兄桓魋行恶，死亡无日，所以说独无兄弟。司马牛的家族在宋国，有封地，其兄桓魋很得宋景公的宠遇，然而桓魋不但不图报恩，反而恃宠谋害景公，桓魋的其他弟弟，如子颀、子车，都帮助谋反。后来叛乱失败，桓魋逃到卫国，转奔齐国。司马牛虽未与谋，但因兄弟们犯了灭族之罪，也不得不逃亡。他逃到齐、吴等国，最后死在鲁国的郭门外。

【译文】司马牛忧愁地说："别人都有兄弟，唯独我没有。"子夏说："我听说过：'死生有命，富贵在天。'君子只要对待所做的事情严肃认真，不出差错，对人恭敬而合乎礼的规定，那么，全天下人都是你的兄弟了。何必担心没有兄弟呢？"

六 子张问明。子曰："浸润之谮，肤受之愬，不行焉，可谓明也已矣。浸润之谮，肤受之愬，不行焉，可谓远也已矣。"①

【注释】①子张问明。孔子说，不听谮愬，可谓明，可谓远。"愬"是"诉"的同义字，"谮"也是"诉"。"谮"与"愬"都有谗言的意思。谮，犹如浸润。愬，犹如肤受。

【译文】子张问怎样才算明智。孔子说："像点滴浸润、入之以渐的谗言，像切肤之痛那样直接的诽谤，在你那里都行不通，那你就是明智的了。点滴浸润、入之以渐的谗言和像切肤之痛一样直接的诽谤，在你那里都行不通，那你就是有远见了。"

七 子贡问政。子曰："足食，足兵，民信之矣。"子贡曰："必不得已而去，于斯三者何先？"曰："去兵。"子贡曰："必不得已而去，于斯二者何先？"曰："去食。自古皆有死，民无信不立。"①

【注释】①孔子认为，只有去食，不能去民信。去食或有饿死之虞，然而自古皆有死，不足为患，只要人民信赖政府，虽无足食，仍可与国家共患难。若去民信，纵无外患，也有内乱，则国家不能安立，所以说民无信不立。

【译文】子贡问如何治理国家。孔子说："粮食充足，军备充足，老百姓信任统治者。"子贡说："如果迫不得已去掉一项，那么在三项中先去掉哪一项呢？"孔子说："去掉军备。"子贡说："如果还要再去掉一项，那么这两项中去掉哪一项呢？"孔子说："去掉粮食。自古以来人总是要死的，如果老百姓对统治者不信任，那么国家就不能存在了。"

八 棘子成曰："君子质而已矣，何以文为？"子贡曰："惜乎，夫子之说君子也！驷不及舌。文犹质也，质犹文也。虎豹之鞟犹犬羊之鞟。"①

【注释】①子贡"文犹质也"四句话，大意是对棘子成说，文质不能偏废，若如你所主张，用质不用文，必致文犹质，质犹文，令人无法辨别君子与普通人，喻如虎豹犬羊之皮皆去其毛文，令人无法辨别虎豹之皮与犬羊之皮。

【译文】棘子成说："君子只要品质好就行了，要那些表面的仪式有什么用呢？"子贡说："真遗憾啊，夫子您这样谈论君子！一言既出，驷马难追。本质就像文采，文采就像本质，都是同等重要的。去掉了毛的虎豹皮，就和去掉了毛的犬羊皮没有任何区别了。"

九 哀公问于有若曰："年饥，用不足，如之何？"有若对曰："盍彻乎？"曰："二，吾犹不足，如之何其彻也？"对曰："百姓足，君孰与不足？百姓不足，君孰与足？"①

【注释】①年饥就是谷物收成不好。鲁哀公因为年成不好，费用不足，便问有若，应该怎么办。有若说，何不用彻呢？郑康成解释，彻是周朝的税法，规定农民缴十分之一的税，这也是天下的通法。

【译文】鲁哀公问有若说："遇到饥荒，国家用度困难，有什么办法？"有若回答说："为什么不实行彻法，只抽十分之一的田税呢？"哀公说："现在抽十分之二，我还不够，怎么能实行彻法呢？"有若说："假如百姓的用度够，您怎么会不够呢？假如百姓的用度不够，您又怎么会够呢？"

十　子张问崇德辨惑。子曰："主忠信，徙义，崇德也。爱之欲其生，恶之欲其死，既欲其生，又欲其死，是惑也！'诚不以富，亦祇以异。'"①

【注释】①子张问这两条，孔子分别答复。先说崇德，一以忠信为主，忠是忠实，信是不欺骗人，一须讲求徙义，徙是迁徙，"义"当"宜"字讲，例如所办的事情不合理，便是不义，马上改过来，照合理的办，便是徙义。再说辨惑，惑起于人心之迷，难以解释，孔子便以事例说明，例如喜爱一个人时，即欲其生，后来对他厌恶时，即欲其死。

【译文】子张问如何可以算是崇德与辨惑。孔子说："以忠诚信实为本，顺从大义，可以算是崇德了。喜爱一个人的时候，希望他活得很好，讨厌的时候，希望他死，既要他生，又要他死，这就是迷惑！《诗经》上说：'诚不以富，亦祇以异。'"

十一 齐景公问政于孔子。孔子对曰："君君，臣臣，父父，子子。"公曰："善哉！信如君不君、臣不臣、父不父、子不子，虽有粟，吾得而食诸？"①

【注释】①齐桓公以管仲为相，齐景公以晏子为相，管、晏都是了不起的人物。景公此时，齐国政治不安定，所以景公问政于孔子。君君，臣臣，父父，子子，这是孔子为景公讲明人伦常道，以此为治国的根本。

【译文】齐景公问孔子为政治国的方法。孔子答说："君王尽君王之义务，臣子负臣子的责任，父亲尽父亲的义务，儿子负儿子的责任。"齐景公说："这番话说得太好了！如果做君王的不尽君王的义务，做臣子的不负臣子的责任，做父亲的不尽父亲的义务，做儿子的不尽儿子的责任，纵然有米粮，我也吃不到啊！"

十二 子曰："片言可以折狱者，其由也与？"子路无宿诺。①

【注释】①狱是诉讼，审理讼案，先要听原告及被告两造言辞，然后判决。古注将片言解释为偏言，或半言，大致有两种讲法，一为子路在审理讼案时，偏信一方面言辞，即可断狱。一为子路是讼案两造之一，因为他平日言辞信实，听讼者听子路一面之词，不待对验，即可判明案情。

【译文】孔子说："只凭只言片语就能断案的人，大概只有仲由吧。"子路没有说话不算数的时候。

十三　子曰："听讼，吾犹人也。必也使无讼乎！"①

【注释】①孔子听讼，与别人无异，即听取双方所讼之辞，判定谁曲谁直，但不同的是使人无讼。使人无讼，即是以德化人，如《为政》篇说："道之以德，齐之以礼。"周文王为西伯时，有虞、芮二君争田，相约到周家，请其评理。但入其境，以至入其朝，所见农人、行人、士大夫，无不相让。二君自惭而退，把所争之田让为闲田。这是以德化人使其无讼的史证。

【译文】孔子说："审理诉讼案件，我和别人也是一样的。重要的是必须使诉讼的案件根本不发生！"

十四　子张问政。子曰："居之无倦，行之以忠。"①

【注释】①倦是懈怠，或疲倦。倦的古体字是勌。居字，古注有居家、居官、居心三种讲法，都讲得通。家有家政，居家以孝友治家，不能懈倦。居在官位，所得的俸禄，都是由人民纳税而来，更不可懈倦。就居心而言，无论治家治国，心都要公正而无倦。居家居官，都要办事。办事就是行。无论办任何事，自始至终，都要把心放在当中，不能偏私。这就是忠。

【译文】子张问怎么治理政事。孔子说："任职不懈怠，行事要忠实。"

十五 子曰："君子博学于文，约之以礼，亦可以弗畔矣夫！"①

【注释】①《雍也》篇有此一章。集解郑康成注：弗畔，不违道。

【译文】孔子说："君子广泛学习典籍，并以礼约束自己，就可以不离经叛道了吧！"

十六 子曰："君子成人之美，不成人之恶。小人反是。"①

【注释】①古注引《春秋谷梁传·隐公元年》："《春秋》成人之美，不成人之恶。"君子助人成就善事，不助人成就恶事。小人与君子相反，见人做善事，便妒忌，见人做恶事，便赞成。小人行为乃天理所不容。刘氏《正义》引《大戴礼记·曾子立事》篇说："君子己善，亦乐人之善也，己能，亦乐人之能也。君子不说人之过，成人之美，存往者，在来者，朝有过夕改则与之，夕有过朝改则与之。"

【译文】孔子说："君子成全他人的好事，不促成他人的坏事。小人刚好相反。"

十七 季康子问政于孔子。孔子对曰："政者，正也。子帅以正，孰敢不正？"①

【注释】①季康子是鲁国三家大夫之一，把持政治，又治不好，因此问孔子，怎样把政治办好。"政者，正也"，孔子把"政"字的意义解释为正。

【译文】季康子向孔子请教为政之道。孔子回答说："所谓政务，就是端正。你用端正的言行做表率，谁敢不端正？"

十八　季康子患盗，问于孔子。孔子对曰："苟子之不欲，虽赏之不窃。"①

【注释】①上行下效，居在上位的人不欲，则在其下的人便会以欲为耻，所以纵然有赏也不愿做盗贼。

【译文】季康子担忧盗窃，问孔子怎么办。孔子回答说："如果你不贪求，即使奖励也没有人偷盗。"

十九　季康子问政于孔子曰："如杀无道以就有道，何如？"孔子对曰："子为政，焉用杀？子欲善，而民善矣。君子之德风，小人之德草。草上之风，必偃。"①

【注释】①季康子问政于孔子："如果杀无道，以成就有道，何如？"无道，指的是恶人，有道，指的是善人。孔子主张以道德感化人民，不主张用杀人的刑政来治民，所以答复季康子："子为政，焉用杀？"

【译文】季康子向孔子请教如何治理政事，他说："如果以杀戮无道的方式成就国家政治清明，怎么样？"孔子说："您治理政事，哪里用得着杀戮的手段呢？您只要想行善，老百姓也会跟着行善。君子的品德好比风，小人的品德好比草。风吹到草上，草就必定跟着倒。"

二十　子张问："士何如斯可谓之达矣？"子曰："何哉，尔所谓达者？"子张对曰："在邦必闻，在家必闻。"子曰："是闻也，非达也。夫达也者，质直而好义，察言而观色，虑以下人。在邦必达，在家必达。夫闻也者，色取仁而行违，居之不疑。在邦必闻，在家必闻。"①

【注释】①士，是读书人。子张所理解的达，即在邦国做事，一国之人必闻其名，在大夫之家做事，大夫全家之人必闻其名。

【译文】子张问："士怎样才可以叫作通达？"孔子说："你说的通达是什么意思？"子张答道："在国中必定有名望，在家族中也必定有名声。"孔子说："这只是闻名，不是通达。所谓通达，那是要秉性正直，喜好礼义，洞察言谈，观望神态，思虑自己不如他人之处。这样的人，在国中必定通达，在家族中必定通达。所谓闻名，只是外表上装出仁的样子，而行动上却违背了仁，还以仁人自居不惭愧。但他在国中必定闻名，在家族中必定闻名。"

二十一　樊迟从游于舞雩之下，曰："敢问崇德、修慝、辨惑。"子曰："善哉问！先事后得，非崇德与？攻其恶，无攻人之恶，非修慝与？一朝之忿，忘其身，以及其亲，非惑与？"①

【注释】①舞雩，是鲁国雩祭之处，其地有雩坛，有树木，在曲阜城外一里许，为一风景区，孔子常带弟子们到此游览。

【译文】樊迟陪着孔子在舞雩台下散步，说："请问怎样提高品德修养？怎样改正自己的邪念？怎样辨别迷惑？"孔子说："问得好！先努力做事，然后才想到有所收获，不就是提高品德吗？检讨自己，不攻讦他人，不就是消除邪念吗？由于一时的气愤，就忘记了自身的安危，以至于牵连自己的亲人，这不就是迷惑吗？"

二十二　樊迟问仁，子曰："爱人。"问知，子曰："知人。"樊迟未达。子曰："举直错诸枉，能使枉者直。"樊迟退，见子夏，曰："乡也吾见于夫子而问知，子曰：'举直错诸枉，能使枉者直。'何谓也？"子夏曰："富哉言乎！舜有天下，选于众，举皋陶，不仁者远矣。汤有天下，选于众，举伊尹，不仁者远矣。"①

【注释】①当春秋时，由于卿大夫世袭，举直错枉之法不行，有国者宜以不知人为患，故子夏述舜举皋陶、汤举伊尹，皆不用世袭，而用选贤，以明大法。

【译文】樊迟问如何是仁，孔子说："爱护他人。"又问如何是智，孔子说："了解他人。"樊迟听了不明白。孔子说："举用正直的人来放置在那些不正直的人之上，能使不正直的人也变得正直了。"樊迟退出来，见到子夏，说："刚才我向老师请教如何是智，老师说：'举用正直的人来放置在那些不正直的人之上，能使不正直的人变得正直。'这句话是什么意思呢？"子夏说："这话含意丰富啊！从前舜有了天下，在众人中选出贤能的皋陶来治理国家，那些不仁的人都远离了。后来商汤有了天下，从众人之中选出贤能的伊尹来治理国家，那些不仁的人也都远离了。"

二十三　子贡问友。子曰："忠告而善道之，不可则止，毋自辱焉。"①

【注释】①皇本"善道之"作善导之，不可则止作否则止，毋自辱焉作无自辱焉。据集解包注，忠告，是以是非观念劝告朋友。善道，是以善道引导朋友。如果朋友不听从，则停止劝导，否则致朋友疏远，这就是辱。朋友地位平等，只能说以善道引导朋友，不能说以善道教导朋友，教导便不免自辱。

【译文】子贡问交友之道。孔子说："朋友有不对的地方，应该诚心地给予忠告，巧妙地将他导入正轨，如果不能听从就要停止，暂时不要再劝了，以免自取其辱。"

二十四　曾子曰：“君子以文会友，以友辅仁。”①

【注释】①文，古注以为指诗书礼乐而言。君子以诗书礼乐之文结交朋友，以朋友辅助为仁，可谓得其交友之道。

【译文】曾子说：“君子以文章学问来结交朋友，依靠朋友帮助自己培养仁德。”

子路第十三

一 子路问政。子曰："先之，劳之。"请益。曰："无倦。"①

【注释】①子路问为政之道。孔子答以"先之，劳之"。先之，为政者自己先行，以身作则。劳之，教民勤劳。禹王治水，跋山、涉水、泥行，艰苦备尝，即是以身作则。有道的人办政治，必定教民勤劳。

【译文】子路问如何从政。孔子说："以身作则，吃苦耐劳。"子路请求多讲一点。孔子说："不要懈怠。"

二 仲弓为季氏宰，问政。子曰："先有司，赦小过，举贤才。"曰："焉知贤才而举之？"子曰："举尔所知。尔所不知，人其舍诸？"①

【注释】①仲弓为季氏的邑宰，因此请问为政之道。孔子答复仲弓："先有司，赦小过，举贤才。"

【译文】仲弓当了季氏的家臣，问如何从政。孔子说："先责成手下负责具体事务的官吏，让他们各负其责，宽容他们的小过错，举用有贤德的人才。"仲弓又问："怎样识别贤才而把他们选拔出来呢？"孔子说："选拔你所知道的，至于你不知道的贤才，别人难道还会埋没他们吗？"

三　子路曰："卫君待子而为政，子将奚先？"子曰："必也正名乎！"子路曰："有是哉，子之迂也！奚其正？"子曰："野哉，由也！君子于其所不知，盖阙如也。名不正，则言不顺；言不顺，则事不成；事不成，则礼乐不兴；礼乐不兴，则刑罚不中；刑罚不中，则民无所措手足。故君子名之必可言也，言之必可行也。君子于其言，无所苟而已矣。"①

【注释】①卫君是指卫灵公的孙子出公蒯辄。蒯辄的父亲蒯聩是灵公的太子，因罪逃往国外，灵公卒，由蒯辄继为卫君。后来蒯聩回国，取得君位，蒯辄则出奔，因此称为出公辄。

【译文】子路（对孔子）说："卫国国君要您去治理国家，您想要先从哪些事情做起呢？"孔子说："首先必须正名分。"子路说："有这么做的吗？您想得太不合时宜了。这名怎么正呢？"孔子说："仲由，真粗野啊。君子对于他所不了解的事情，就不发表意见。名分不正，说起话来就不能顺理成章；说话不能顺理成章，事情就做不成；事情做不成，礼乐也就不能兴盛；礼乐不能兴盛，刑罚的执行就无法得当；刑罚不得当，百姓就无所适从。因此，君子定下一个名分，必须能够说得明白，并且说出来一定要能够行得通。君子对于自己的言语，是从来都不会马马虎虎对待的。"

四 樊迟请学稼。子曰："吾不如老农。"请学为圃。曰："吾不如老圃。"樊迟出。子曰："小人哉，樊须也！上好礼，则民莫敢不敬；上好义，则民莫敢不服；上好信，则民莫敢不用情。夫如是，则四方之民襁负其子而至矣，焉用稼？"①

【注释】①稼是种五谷。圃是种菜蔬。樊迟请学稼，又请学为圃，孔子不答复，只说"吾不如老农""吾不如老圃"而已。待樊迟出去后，孔子为其余的弟子说明不用学稼的道理。"小人哉，樊须也"，这里的小人，不是褒贬之辞，是指种五谷、治园圃种菜蔬而言，这些都是小人之事。所以小人是老农、老圃的称谓。

【译文】樊迟向孔子请教怎样种庄稼。孔子说："我不如老农。"樊迟又请教怎样种菜。孔子说："我比不上菜农。"樊迟退出以后，孔子说："樊迟真是小人。在上者只要重视礼，老百姓就不敢不敬畏；在上者喜好道义，老百姓就不敢不服从；在上者喜好守信，老百姓就不敢不用真诚相待。如果是这样，四面八方的老百姓就会背着自己的子女来投奔，哪里用得着自己去种庄稼呢？"

五 子曰："诵《诗》三百，授之以政，不达；使于四方，不能专对。虽多，亦奚以为？"①

【注释】①诵《诗》三百，就是现在《诗经》里的三百零五篇诗。三百是举其整数而言。孔子以为，读了三百多篇诗，应该会办政治，会办外交，如果把政事交给他，而他不能通达，派他到国外办事，在辞令方面，又不能专对，读诗虽多，又有何用。

【译文】孔子说："读熟了《诗经》三百篇，政务交给他却不通晓，出使别国却不能独立应对，即使诗背得再多，又有什么用呢？"

六　子曰："其身正，不令而行；其身不正，虽令不从。"①

【注释】①其，指的是当政的人。当政者本身行得正，办一切事都合规矩，自然能获得民众拥护。所以说不令而行。但如当政的人本身行得不正，虽下命令，民众也不会服从。

【译文】孔子说："领导者本身正直没有偏差，就是不发号施令，百姓也自然会去做；倘若自身不端正，即使发号施令也没有人服从。"

七　子曰："鲁卫之政，兄弟也。"①

【注释】①鲁是周公的封国，卫是康叔的封国。

【译文】孔子说："鲁国和卫国的政事，就仿佛兄弟（的政事）一样。"

八　子谓卫公子荆："善居室。始有，曰：'苟合矣'。少有，曰：'苟完矣。'富有，曰：'苟美矣。'"①

【注释】①贪求财富，永远不能满足，这是一般人的通病。卫公子荆处处知足，这是他的美德，所以孔子称赞他。

【译文】孔子谈到卫国的公子荆时说："他善于治理家政。刚开始宽裕一点，就说：'差不多也就够了。'稍微再多一点时，他说：'差不多就算完备了。'更富有时，他说：'几乎华美了'。"

九　子适卫，冉有仆。子曰："庶矣哉！"冉有曰："既庶矣，又何加焉？"曰："富之。"曰："既富矣，又何加焉？"曰："教之。"①

【注释】①孔子在这里只提示先富民后教民。如何富民，则需治国者本于仁政因时因地而制宜。至于教民，自以五伦教育为根本。

【译文】孔子到卫国去，冉有给他驾车。孔子说："人口真是多呀！"冉有说："人口已经够多了，还要再做些什么呢？"孔子说："要使他们富裕起来。"冉有说："富了以后再做些什么？"孔子说："对他们进行伦理道德的教育。"

十　子曰："苟有用我者，期月而已可也，三年有成。"①

【注释】①孔子假设，如有人聘用他去治国，他预定一年可以治理就绪，三年便有成就。据《史记·孔子世家》记载，这是孔子居在卫国时，有感而发。当时卫灵公已老，怠于政事，不能用孔子，孔子喟叹，说了这几句话。

【译文】孔子说："要是有人愿意任用我治理国家，只需一年就可初见成效，三年就一定会大有成就。"

十一　子曰："'善人为邦百年，亦可以胜残去杀矣。'诚哉是言也！"①

【注释】①为帮，治国；胜残，克服残暴；诚哉是言也，这是孔子称赞的话。

【译文】孔子说："'仁善的人治理国家，经过一百年，也就能够消除残暴、废除刑罚杀戮了。'这话真是说得对呀！"

十二　子曰："如有王者，必世而后仁。"①

【注释】①三十年为一世，如有王者接受天命，施行仁政，必须三十年而后成功。王者受命治理衰世，一则必须解决民生问题，一则必须实施道德教育，使人民身心皆安，两者皆非短时期能奏其功，所以必须三十年。

【译文】孔子说："如果有王者出现，也一定要经过三十年才能达到仁政。"

十三　子曰："苟正其身矣，于从政乎何有？不能正其身，如正人何？"①

【注释】①皇疏："苟，诚也。"诚能正其本身，则从事政治，何难之有？本身如不能正，如何正人？前有"其身正"一章，与此大致相同。

【译文】孔子说："若是端正了自身的行为，治理国政还有什么困难呢？若是不能端正自身的行为，又怎么能纠正别人呢？"

十四　冉子退朝。子曰："何晏也？"对曰："有政。"子曰："其事也。如有政，虽不吾以，吾其与闻之。"①

【注释】①此意是如果有政，国君虽不用我，但以我是国家的老者，仍得参与闻之。

【译文】冉求退朝回来，孔子说："怎么回来得这么晚呀？"冉求说："有政事。"孔子说："只是一般的事务吧。如果真有政事，尽管国君现在不用我了，我也会知道的。"

十五　定公问："一言而可以兴邦，有诸？"孔子对曰："言不可以若是其几也。人之言曰：'为君难，为臣不易。'如知为君之难也，不几乎一言而兴邦乎？"曰："一言而丧邦，有诸？"孔子对曰："言不可以若是其几也。人之言曰：'予无乐乎为君，唯其言而莫予违也。'如其善而莫之违也，不亦善乎？如不善而莫之违也，不几乎一言而丧邦乎？"①

【注释】①"一言而可以兴邦"，这是成语，鲁定公怀疑，一句话有这样大的功用吗？所以他问孔子："有诸？"孔子对定公说"言不可以若是"，一句话就把国家兴起来，大概不如此，但是"其几也"，"几"字当"近"字讲，较好。虽不能说一言兴邦，然说一句有道理的话，可与兴邦接近。

【译文】鲁定公问："一句话就可以使国家兴盛，有这回事吗？"孔子答道："对言语不能寄予如此大的期望，但是也与之接近了。人们说：'做君主很难，做臣子也不易。'如果知道了做君主的难，这不近似于一句话可以使国家兴盛吗？"鲁定公又问："一句话可以亡国，有这回事吗？"孔子回答说："对言语不能寄予如此大的期望，但是也与之接近了。人们说：'我当国君没有什么快乐，只是说话没有人敢于违抗。'如果说得对而没有人违抗，不也很好吗？如果说得不对而没有人违抗，那不就近似于一句话可以亡国吗？"

十六　叶公问政。子曰："近者说，远者来。"①

【注释】①叶，音摄，原为一小国，后属于楚，由叶公治理。叶公是楚大夫沈诸梁，字子高。叶公问政，孔子答复，为政之道，要使近者欢悦，远者来归。近者是本国人，远者是外国人，为政而能使近悦远来，必是施行仁政，感召国内外人民。

【译文】叶公向孔子请教为政之道。孔子说："使近处的百姓人人欢喜快乐，远处的老百姓都愿意来归附。"

十七 子夏为莒父宰，问政。子曰："无欲速，无见小利。欲速则不达，见小利则大事不成。"①

【注释】①小利妨碍大事，喻如讲求霸业，则不能成就王道。

【译文】子夏当了莒父的总管，来向孔子请教怎样办理政事。孔子说："不能求快，不能贪求小利。求快反而达不到目的，贪求小利就做不成大事。"

十八 叶公语孔子曰："吾党有直躬者，其父攘羊，而子证之。"孔子曰："吾党之直者异于是。父为子隐，子为父隐，直在其中矣。"①

【注释】①昔日法律依礼而制定，即在维护人伦常道。合乎伦常之直是为有道之直。背弃伦常之直，其直诡谲，而不可信。

【译文】叶公对孔子说："我的家乡有一个正直的人，他的父亲偷了人家的羊，他就告发了父亲。"孔子说："我家乡的正直的人和你说的正直的人不一样。父亲替儿子隐瞒，儿子替父亲隐瞒，正直就在其中了。"

十九　樊迟问仁。子曰："居处恭，执事敬，与人忠。虽之夷狄，不可弃也。"①

【注释】①前篇颜渊问仁，孔子答，克己复礼为仁。而为仁的条目则是非礼勿视，非礼勿听，非礼勿言，非礼勿动。这些条目都难实行。此章恭敬忠，比较容易学，学到了，就是仁。

【译文】樊迟问怎样做才是仁。孔子说："平常在家时心中要保持恭敬，办事时态度要严肃认真，待人忠心诚意。哪怕到了夷狄之地，也不可背弃这些信条。"

二十　子贡问曰："何如斯可谓之士矣？"子曰："行己有耻，使于四方，不辱君命，可谓士矣。"曰："敢问其次？"曰："宗族称孝焉，乡党称弟焉。"曰："敢问其次？"曰："言必信，行必果，硁硁然小人哉！抑亦可以为次矣。"曰："今之从政者何如？"子曰："噫！斗筲之人，何足算也？"①

【注释】①筲，郑注竹器，容一斗二升。斗与筲容量都很小，以此比喻一个人的器识浅陋。孔子时代的诸大夫就是斗筲之人。

【译文】子贡问道："什么样的人才可以叫作士？"孔子说："自己在做事时有知耻之心，出使他国，能够完成君主交付的使命，就可以叫作士。"子贡说："请问比这次一等的呢？"孔子说："宗族中的人称赞他孝顺，乡党们称赞他友爱。"子贡又问："请问再次一等的呢？"孔子说："说话一定诚实守信，行为必定坚决果断、坚持到底，不分是非地固执己见，那是小人啊，但也可以说是再次一等的士了。"子贡说："现在执政的人，您看怎么样？"孔子说："唉！这些器量狭小的人，哪里能称得上士呢？"

二十一　子曰："不得中行而与之，必也狂狷乎！狂者进取，狷者有所不为也。"①

【注释】①中行，注重的是"中"字，中就是中庸之道，简说就如《孟子·尽心》篇的"中道"，中行就是依中庸之道而行，无过，亦无不及。

【译文】孔子说："我找不到奉行中庸之道的人和他交往，只好与狂狷者相交往了。狂者敢作敢为、勇于进取，狷者对有些事是不肯做的。"

二十二　子曰："南人有言曰：'人而无恒，不可以作巫医。'善夫！""不恒其德，或承之羞。"子曰："不占而已矣。"①

【注释】①此章大意在说恒心的重要，先是孔子举南方人的两句成语，称其为善，次就《周易》恒卦九三爻辞，显示无恒之人一事无成，你替他占卜也不灵，譬如你刚替他占卜某事，转眼之间，他又改变主意，这种心意不定的人，占之无用，所以孔子说不用占。

【译文】孔子说："南方人有句话说：'人如果做事缺乏恒心，连向鬼神去占卜都不可以。'这句话说得真对啊！"《易经》上讲："一个人不能长久地保存自己的德行，常常要遭受耻辱。"孔子说："（这是说对无恒心的人）不要占卜。"

二十三　　子曰："君子和而不同，小人同而不和。"①

【注释】①君子与人相处，和平忍让，而其见解卓越，与众不同。小人所见平庸，与众相同，而其争利之心特别强，不能与人和谐办事，但能扰乱他人而已。

【译文】孔子说："君子能与大众和谐相处，但并不同流合污；小人只是曲从私党，同流合污，而不能与大众和谐相处。"

二十四　　子贡问曰："乡人皆好之，何如？"子曰："未可也。""乡人皆恶之，何如？"子曰："未可也。不如乡人之善者好之，其不善者恶之。"①

【注释】①子贡问孔子，假使有一个人，一乡之人都喜好他，则此人何如。孔子说，未必即可相信他是好人。子贡又问；一乡之人都厌恶他，则此人何如。孔子说，未必即可相信他是坏人。孔子不待子贡再问，就加以解释，与其泛随乡人好之恶之，不如亲自观察，乡人之中的善人喜好他，恶人厌恶他，然后相信他是好人，比较可靠。

【译文】子贡问孔子说："全乡所有人赞扬他，这个人怎么样？"孔子说："不能肯定。"子贡又问孔子说："全乡的人都讨厌他，这个人怎么样？"孔子说："不能肯定。倒不如全乡的好人都称赞他，全乡的坏人都厌恶他。"

二十五　子曰："君子易事而难说也。说之不以道，不说也。及其使人也，器之。小人难事而易说也。说之虽不以道，说也。及其使人也，求备焉。"①

【注释】①君子容易侍奉，而难以取悦。因为取悦君子而不合道理，君子不悦，所以难悦。至于君子用人，则量其能力而器使，无求完备，故易侍奉。小人容易取悦，而难以侍奉。

【译文】孔子说："为君子做事很容易，但难以取悦于他。不用正当的方式取悦于他，他是不会喜悦的。但是，当他任用人的时候，总是量才而用。小人难以侍奉，但要获得他的欢喜则是很容易的。不按正道去讨他的喜欢，也会得到他的喜欢。可是等到他使用人的时候，却是求全责备。"

二十六　子曰："君子泰而不骄，小人骄而不泰。"①

【注释】①"泰"字，何晏当纵泰讲。"纵"字有舒缓、放纵等义，也就是没有拘束的意思。骄是骄矜、傲慢。君子心中没有拘束，对人则不傲慢。小人与君子相反。

【译文】孔子说："君子心地坦然，光明正大，所以坦然自在而不骄傲，小人骄横却无法坦然自在。"

二十七 子曰："刚、毅、木、讷，近仁。"①

【注释】①刚，依郑注，是刚强不屈的意思。

【译文】孔子说："刚强、坚忍、质朴、谨慎，这四种德行都接近仁。"

二十八 子路问曰："何如斯可谓之士矣？"子曰："切切偲偲，怡怡如也，可谓士矣。朋友切切偲偲，兄弟怡怡。"①

【注释】①兄弟属于天伦，朋友在五伦中是道义结合，所以相处各有其道。了解这个道理，能以敦伦尽分，便是读书明理之士。

【译文】子路问孔子说："怎样才能称为士呢？"孔子说："互助督促勉励，和睦共处，可以算是士了。朋友之间互相督促勉励，兄弟之间和睦相处。"

二十九 子曰："善人教民七年，亦可以即戎矣。"①

【注释】①平时教民，除了道德教育与职业教育外，应有军事训练，并以道德教育为主。如此七年之久，一旦有外敌入侵，人民可以当兵卫国。

【译文】孔子说："仁善的人教导百姓用七年的时间，也就可以叫他们去作战了。"

三十　子曰："以不教民战，是谓弃之。"①

【注释】①用没有受过教育训练的人民去作战，是谓抛弃人民。

【译文】孔子说："用不经过作战训练和道德教育的百姓去打仗，这叫作抛弃他们。"

宪问第十四

一　宪问耻。子曰:"邦有道,谷。邦无道,谷,耻也。""克、伐、怨、欲不行焉,可以为仁矣?"子曰:"可以为难矣,仁则吾不知也。"①

【注释】①宪是孔子弟子原宪,字子思,《雍也》篇称为原思。

【译文】原宪问孔子什么是可耻。孔子说:"国家有道,做官领取俸禄。国家无道,仍然做官领取俸禄,这就是可耻。"原宪又问:"好胜、自夸、怨恨、贪求的事都不去做,算做到仁了吧?"孔子说:"这可以说是很难得的,但至于是否做到了仁,那我就不知道了。"

二　子曰:"士而怀居,不足以为士矣。"①

【注释】①学优而后从政,即是从事利他的圣贤事业,与后来的乱世之人,只为利己而办政治者,大异其趣。

【译文】孔子说:"士如果贪恋家庭的安逸生活,就称不上士了。"

三　子曰："邦有道，危言危行；邦无道，危行言孙。"①

【注释】①一个人在国家有道时，说话要正直，行为要正直。在国家无道时，仍然不能同流合污，行为还是要正直，但说话要谦和婉转，否则招祸。

【译文】孔子说："国家政治清明，要正言正行；国家政治昏乱，要行为正直，但说话要谦逊。"

四　子曰："有德者必有言，有言者不必有德。仁者必有勇，勇者不必有仁。"①

【注释】①有德的人必定有言，有言的人不一定有德。

【译文】孔子说："有德行的人，一定会讲出有益于人的话语，但是会讲出有益于人的话语的人，不一定有德行。仁者必定勇敢，但是勇敢的人不一定有仁德。"

五　南宫适问于孔子曰："羿善射，奡荡舟，俱不得其死然。禹稷躬稼而有天下。"夫子不答。南宫适出。子曰："君子哉若人！尚德哉若人！"①

【注释】①南宫适，即南宫子容，也就是《公冶长》篇里的南容。

【译文】南宫适问孔子："羿善于射箭，奡能陆地行舟，结果都不得好死。禹和稷都亲自种植庄稼，却拥有了天下。"孔子没有回答。南宫适出去后，孔子说："这个人真是个君子呀！这个人真崇尚道德啊！"

六　子曰："君子而不仁者有矣夫，未有小人而仁者也。"①

【注释】①仁虽难成，但是肯学则能成，不学便无能成之理，所以不能沦为小人，必须学为君子。

【译文】孔子说："君子中不具备仁德的人是有的，而小人中具备仁德的人是从来没有的。"

七　子曰："爱之，能勿劳乎？忠焉，能勿诲乎？"①

【注释】①这里的"诲"字含义较广，教导子弟，固然是诲，规劝朋友，规谏长上，希望他们改过，也都有诲的意义。能如此诲，才是尽忠。

【译文】孔子说："爱护他，能不教他勤勉吗？忠于他，能不规劝教导他吗？"

八　子曰："为命，裨谌草创之，世叔讨论之，行人子羽修饰之，东里子产润色之。"①

【注释】①为命，依《左传》，即作外交辞令。

【译文】孔子说："郑国制定的外交文书，都是由裨谌起草的，世叔研究后提出意见，外交官子羽进行修饰，最后由子产润色定稿。"

九 或问子产。子曰："惠人也。"问子西。曰："彼哉！彼哉！"问管仲。曰："人也。夺伯氏骈邑三百，饭疏食，没齿无怨言。"①

【注释】①没齿，犹言没世，或终身之意。管仲判决此案，如非出于仁心，判得合理，何能如是。

【译文】有人问子产是个怎样的人。孔子说："他是能施恩惠于别人的人。"问子西。孔子说："他呀！他呀！"问管仲。孔子说："这个人，他把伯氏骈邑的三百家封地夺走，伯氏只能吃粗茶淡饭，直到老死也没有丝毫怨言。"

十 子曰："贫而无怨，难；富而无骄，易。"①

【注释】①"怨骄"二字都是烦恼，一个人如不愿为烦恼所苦，那就要无怨无骄，但贫而无怨比较难，富而无骄比较易。既知难易之后，就要在贫时勉为其难，至于富贵，当然更不可骄傲。

【译文】孔子说："贫穷困苦而没有抱怨很难做到，富贵而不傲慢比较容易做到。"

十一 子曰："孟公绰为赵魏老则优，不可以为滕薛大夫。"①

【注释】①孔子评论鲁大夫孟公绰的才性，认为他适合做大国的卿大夫家臣，不适合做小国的大夫。

【译文】孔子说："孟公绰如果做晋国赵氏、魏氏的家臣，才能是绰绰有余的，但不能做滕、薛这样小国的大夫。"

十二 子路问成人。子曰："若臧武仲之知，公绰之不欲，卞庄子之勇，冉求之艺，文之以礼乐，亦可以为成人矣。"曰："今之成人者何必然？见利思义，见危授命，久要不忘平生之言，亦可以为成人矣。"①

【注释】①前段成人，智廉勇艺，又须文之以礼乐，此段但讲义与忠信，故又次一等。虽然又次，但能力行，也有了不起的成就。

【译文】子路问怎样做才是一个完美的人。孔子说："如果具有臧武仲那样的智慧，孟公绰那样的清心寡欲，卞庄子那样的勇敢，冉求那样的多才多艺，再用礼乐加以修饰，也就可以算是一个完人了。"孔子又说："如今的完人何必一定要如此呢？见到利益能想到道义，遇到危险能献出生命，相隔很久还不忘过去的诺言，也可以算是一位完美的人。"

十三 子问公叔文子于公明贾曰:"信乎?夫子不言、不笑、不取乎?"公明贾对曰:"以告者过也。夫子时然后言,人不厌其言;乐然后笑,人不厌其笑;义然后取,人不厌其取。"子曰:"其然?岂其然乎?"①

【注释】①公叔文子,据集解孔注,他是卫国大夫公孙拔,文,是他的谥号。

【译文】孔子向公明贾问到公叔文子,说:"听说先生他不说、不笑、不取钱财,是真的吗?"公明贾回答道:"这是告诉你话的那个人说错了。先生他到该说时才说,因此别人不讨厌他说话;快乐时才笑,因此别人不讨厌他笑;合于道义的财利他才取,因此别人不讨厌他取。"孔子说:"是这样吗?难道真是这样吗?"

十四 子曰:"臧武仲以防求为后于鲁,虽曰不要君,吾不信也。"①

【注释】①前章,子路问成人,孔子称赞臧武仲有智慧。

【译文】孔子说:"臧武仲凭借他的封地请求鲁君为他立后代,尽管有人说他不是要挟君主,但我不相信。"

十五 子曰:"晋文公谲而不正,齐桓公正而不谲。"①

【注释】①春秋时代,齐桓公、晋文公,相继创立霸业,领导诸侯,尊王攘夷,但就某些事情而言,他们有谲正之分。

【译文】孔子说："晋文公诡诈而不正直，齐桓公正直而不诡诈。"

十六　子路曰："桓公杀公子纠，召忽死之，管仲不死。"曰："未仁乎？"子曰："桓公九合诸侯，不以兵车，管仲之力也。如其仁，如其仁。"①

【注释】①桓公就是齐国的公子小白，他和公子纠都是齐襄公的异母弟。

【译文】子路说："齐桓公杀了公子纠，召忽为此而死，但管仲却没有死。管仲不能说是仁人吧？"孔子说："桓公多次召集各诸侯国的盟会，不动用武力，都是管仲的力量啊。这就是他的仁德，这就是他的仁德。"

十七　子贡曰："管仲非仁者与？桓公杀公子纠，不能死，又相之。"子曰："管仲相桓公，霸诸侯，一匡天下，民到于今受其赐。微管仲，吾其被发左衽矣。岂若匹夫匹妇之为谅也，自经于沟渎而莫之知也。"①

【注释】①管仲的大功，一则使桓公能以维持天下安定的局面，一则维护以人伦为主的中华文化，不使沦为非礼非义的夷狄，天下后世人民皆受其赐，所以不害其为仁人，这是孔子以大公立论，并着眼于天下人民所受之惠，为子贡解释疑问，实为后儒论人论事的准据。

【译文】子贡说："管仲不是仁人吧？桓公杀了公子纠，他不能为公子纠殉死，反而做了齐桓公的宰相。"孔子说："管仲辅佐桓公，使他称霸诸侯，匡正了混乱的天下，老百姓到今天还享受到他的好处。如果没有管仲，大概我们也要披散着头发，衣襟向左开着，沦为野蛮人了。他哪能像普通百姓那样拘泥于小节，自杀在小山沟里，而谁也不知道呀。"

十八 公叔文子之臣大夫僎与文子同升诸公。子闻之，曰："可以为'文'矣。"①

【注释】①公叔文子的家臣大夫撰，由文子推荐，与文子同上于公朝，居平等地位，一同事君。孔子闻知此事，就说，公叔文子可以谥为文。

【译文】公叔文子的家臣大夫僎和公叔文子一同升做卫国的大夫。孔子知道了这件事以后说："公叔死后可以给他'文'的谥号了。"

十九 子言卫灵公之无道也，康子曰："夫如是，奚而不丧？"孔子曰："仲叔圉治宾客，祝鮀治宗庙，王孙贾治军旅，夫如是，奚其丧？"①

【注释】①此章是论知人善任的重要，也有启示康子之意。

【译文】孔子讲到卫灵公的昏庸无道，季康子说："既然这样，为什么他没有败亡呢？"孔子说："因为他有仲叔圉主管

外交，祝鮀管理宗庙祭祀，王孙贾统率军队。拥有这样几位贤
人，怎么会败亡呢？"

二十　子曰："其言之不怍，则为之也难。"①

【注释】①集解马融注："怍，惭也。内有其实，则言之不
惭。积其实者为之难也。"马注的意思是，言语无虚妄，才不
至于惭愧，但若内聚其诚实，使凡所说的话皆不感惭愧，则不
容易。言语如实，人所难能，知此可以自省自励，马注比他注
为优。

【译文】孔子说："一个人说话如果大言不惭，那么他实行
起来就很困难。"

二十一　陈成子弑简公。孔子沐浴而朝，告于哀公曰："陈
恒弑其君，请讨之。"公曰："告夫三子。"孔子曰："以吾
从大夫之后，不敢不告也。君曰'告夫三子'者。"之三子
告，不可。孔子曰："以吾从大夫之后，不敢不告也。"①

【注释】①这段话的意思，据马注，依礼，孔子应当报告
国君，不应当报告三子，但由君命，不得不去报告他们。

【译文】齐国大臣陈成子杀了齐简公。孔子斋戒沐浴以后，
随即上朝去见鲁哀公，报告说："陈恒把他的君主杀了，请您
出兵讨伐他。"哀公说："你去报告季孙、叔孙、孟孙三位大夫
吧。"孔子退下后说："因为我曾经做过大夫，所以不敢不来报

告，君主却说'你去告诉那三位大夫吧'。"孔子去向季孙、叔
孙、孟孙三位大夫报告，但他们都不愿派兵讨伐。孔子又说：
"因为我曾经做过大夫，所以不敢不来报告呀！"

二十二 子路问事君。子曰："勿欺也，而犯之。"①

【注释】①欺是欺骗，犯是犯颜，之指君主而言。

【译文】子路问如何侍奉君主。孔子说："不要欺骗他，但
为了进谏，要敢于冒犯他。"

二十三 子曰："君子上达，小人下达。"①

【注释】①何晏注："本为上，末为下也。"上达，下达，
含义都很广泛，何注以本末解释，比较可取。上达指根本而
言，下达指枝末而言。达，邢疏作"晓"字讲。晓，即是知的
意思。君子知本，凡事皆从根本做起。小人相反，凡事皆是舍
本逐末。学儒当知，希圣希贤是本，财利是末。

【译文】孔子说："君子日日向上，以进德修业为本，小人
日日向下，以追逐私欲为末。"

二十四 子曰："古之学者为己，今之学者为人。"①

【注释】①今之学者，不知道求学的意义。以求名利为
先。所以，不修道德，只求学问。求学目的，是令人知道他

有学问。以有学问，则可以获得种种利益。故云："今之学者
为人。"

【译文】孔子说："古代求学的人，是为了成就自身的学问
和修养而学习；现在的学者，是为了给人看，意在博取名利
而已。"

二十五 蘧伯玉使人于孔子，孔子与之坐而问焉，曰："夫
子何为？"对曰："夫子欲寡其过而未能也。"使者出，子
曰："使乎！使乎！"①

【注释】①蘧伯玉，卫国大夫，姓蘧，名瑗，是孔子的老
朋友。

【译文】蘧伯玉派人去拜访孔子。孔子与来人同坐而询问
道："先生他最近在做什么？"使者回答说："先生他想要减少
自己的错误，但还没能做到。"来人走了以后，孔子说："多好
的一位使者啊！多好的一位使者啊！"

二十六 子曰："不在其位，不谋其政。"曾子曰："君子思
不出其位。"①

【注释】①位是职位，或泛指地位。政是政事，也可泛指
他人所办的事情。孔子教人，不在其位，就不要筹谋其事，免
得干涉他人的职责。君子思不出其位，这是《周易》艮卦象
辞，曾子引来解释孔子以上两句话。不出其位，是安守本分的

意思。

【译文】孔子说："不处在那个职位上，就不去考虑那个职位上的具体政务。"曾子说："君子的思虑，从来不越出自己的职责范围。"

二十七　子曰："君子耻其言而过其行。"①

【注释】①其言而过其行，例如说了五分，而只做三分或四分，君子就以为可耻。皇本作"君子耻其言之过其行也"。并疏云："言过其行，君子耻之。"

【译文】孔子说："君子感到羞耻的是其言谈超越了自己的行为。"

二十八　子曰："君子道者三，我无能焉：仁者不忧，知者不惑，勇者不惧。"子贡曰："夫子自道也。"①

【注释】①君子道者三，就是指仁者不忧，智者不惑，勇者不惧。这三者都要以事实来体验。

【译文】孔子说："君子之道有三条准则，我都未能做到：仁爱的人不忧愁，智慧的人不疑惑，勇敢的人不畏惧。"子贡说："这正是老师的自我写照啊！"

二十九　子贡方人。子曰："赐也贤乎哉？夫我则不暇。"①

【注释】①方人，依郑康成注，作谤人。子贡谤人，就是说人的过恶。

【译文】子贡平时喜欢评论别人的短处。孔子说："赐啊，你真的就那么贤良吗？我可没有闲工夫去这样论人长短。"

三十　子曰："不患人之不己知，患其不能也。"①

【注释】①学无止境，患己无能，则必发愤研究学问，修养道德。至于自己的学问道德是否为人所知，那就不用计较了。

【译文】孔子说："不要忧虑别人不了解自己，应该忧虑自己没有才能。"

三十一　子曰："不逆诈，不亿不信，抑亦先觉者，是贤乎！"①

【注释】①逆，是逆料，预料。亿，是亿度，揣测。抑亦，转语词，有"反之"的意思。

【译文】孔子说："不预先揣度别人欺诈，也不凭空猜测别人不诚实，然而能事先有所察觉，这样就贤能了。"

三十二　微生亩谓孔子曰："丘，何为是栖栖者与？无乃为佞乎？"孔子曰："非敢为佞也，疾固也。"①

【注释】①孔子周游列国，目的是在实行圣人之道。微生亩问孔子，为何如此到处奔波，莫非是要施展佞才，讨好各国君主。孔子告诉微生亩，他不敢以佞口悦人，而是疾固。

【译文】微生亩对孔子说："孔丘，你为什么这样到处栖栖遑遑地游说呢？你不就是要显示自己的口才和花言巧语吗？"孔子说："我不是敢于凭借口才花言巧语，而是痛恨那些顽固不化的人。"

三十三　子曰："骥不称其力，称其德也。"①

【注释】①孔子教育，不仅注重才能，更注重品德，如无品德，则才能愈高，愈有力量危害人群，所以借骥况人，必须重德。

【译文】孔子说："所谓千里马，称赞的不是它的气力，而是称赞它的品德。"

三十四　或曰："以德报怨，何如？"子曰："何以报德？以直报怨，以德报德。"①

【注释】①以直报怨，无过，无不及，正合中庸之道。

【译文】有人问："以恩德报答仇恨，如何呢？"孔子说："那用什么报答恩惠呢？不如以公正无私报答仇恨，以恩德报答恩德。"

三十五 子曰:"莫我知也夫!"子贡曰:"何为其莫知子也?"子曰:"不怨天,不尤人,下学而上达,知我者其天乎!"①

【注释】①"莫我知",就是无人知道我。这是孔子感叹没有知已者。

【译文】孔子说:"没有人能理解我啊!"子贡说:"为什么说没有人能理解您呢?"孔子说:"我不埋怨天,也不责怪人,下学礼乐而上达天理,理解我的大概只有天吧!"

三十六 公伯寮愬子路于季孙。子服景伯以告,曰:"夫子固有惑志于公伯寮,吾力犹能肆诸市朝。"子曰:"道之将行也与,命也。道之将废也与,命也。公伯寮其如命何!"①

【注释】①公伯寮,姓公伯,名寮,字子周,鲁国人,与子路同做季氏的家臣。

【译文】公伯寮向季孙诬告子路。子服景伯把这件事告诉孔子,并且说:"季孙氏已经被公伯寮迷惑了,我的力量还能够让他陈尸街头。"孔子说:"大道能够得到推行,是由天命决定的。大道不能得到推行,也是由天命决定的。公伯寮能把天命怎么样呢?"

三十七　子曰：“贤者辟世，其次辟地，其次辟色，其次辟言。”子曰：“作者七人矣。”①

【注释】①“辟”同“避”，回避，或避去之义。贤者次于圣人，贤人在乱世，不做官，不要名，言语行为一切谨慎，避免灾难，这就是贤者辟世。

【译文】孔子说：“贤人以逃避动荡的社会而隐居为上策，其次逃避到另外一个地方去，再次避开别人难看的脸色，再其次是回避别人难听的话。”孔子又说：“这样做的人已经有七个了。”

三十八　子路宿于石门。晨门曰：“奚自？”子路曰：“自孔氏。”曰：“是知其不可而为之者与？”①

【注释】①“知其不可而为之”，正指圣人周游列国，知道不行，而犹欲挽之。晨门知圣也。晨门是前章七隐士中的一人。

【译文】子路在石门夜宿。守城门的人说：“你从哪儿来？”子路说：“从孔氏那里来。”守城门的人说：“就是那个明明知道行不通，却硬要去做的人吗？”

三十九　子击磬于卫。有荷蒉而过孔氏之门者，曰：“有心哉，击磬乎！”既而曰：“鄙哉，硁硁乎！莫己知也，斯己而已矣。深则厉，浅则揭。”子曰：“果哉！末之难矣。”①

【注释】①磬是石制的乐器，蒉是草编的盛物之器。音乐表现心声，孔子击磬，当然有心思。

【译文】孔子在卫国，一次正在敲击磬，有一位背扛草筐的人从门前走过说："这个击磬的人大有心事啊！"一会儿又说："声音硁硁的透着固执，真可鄙呀！没有人了解自己，那就算了。（好像涉水一样）水深就穿着衣裳蹚过去，水浅就撩起衣裳蹚过去。"孔子说："果然如此，那也就不难了。"

四十　子张曰："《书》云：'高宗谅阴，三年不言。'何谓也？"子曰："何必高宗？古之人皆然。君薨，百官总己以听于冢宰三年。"①

【注释】①古注，在孔子时，人君已不行三年丧之礼，子张因此发问，以起孔子之教。

【译文】子张说："《尚书》上说：'高宗守丧，三年不与外人交谈。'这是什么意思？"孔子说："不一定是高宗，古人都是这样。国君死了，朝廷百官各司其职，听命于冢宰三年。"

四十一　子曰："上好礼，则民易使也。"①

【注释】①在上位的君主如果好礼，则其使民就容易。

【译文】孔子说："在上者尊尚礼仪，那么百姓就容易管理了。"

四十二 子路问君子。子曰："修己以敬。"曰："如斯而已乎?"曰："修己以安人。"曰："如斯而已乎?"曰："修己以安百姓。修己以安百姓，尧舜其犹病诸!"①

【注释】①修是修治，敬是礼的实质，一个人以敬来修治自己，使其身心言语统归于敬，也就是处处合礼，这就可以算是君子了。

【译文】子路问怎样成为君子。孔子说："修养自己，保持认真恭敬的态度。"子路说："这样就可以了吗?"孔子说："修养自己，使周围的人们得到安乐。"子路说："这样就可以了吗?"孔子说："修养自己，使所有百姓都安乐。修养自己而使所有百姓都安乐，尧舜尚且顾虑做不到呢!"

四十三 原壤夷俟。子曰："幼而不孙弟，长而无述焉，老而不死，是为贼。"以杖叩其胫。①

【注释】①原壤，姓原名壤，鲁国人，是孔子的老朋友，但其学术思想与孔子大异其趣。

【译文】原壤蹲坐着接待孔子。孔子说："年幼的时候不懂孝悌，长大了无所作为，老了还不去死，真是个祸害。"说着，用手杖轻敲他的小腿。

四十四　阙党童子将命。或问之曰："益者与？"子曰："吾见其居于位也，见其与先生并行也。非求益者也，欲速成者也。"①

【注释】①阙党即孔子所居的阙里。此地有一童子能够为人将命。童子，未成年人。将命，据马融注，是在宾主相见礼中替宾主传话。

【译文】阙里的一个少年，来向孔子传话。有人问孔子："这是个求上进的后生吗？"孔子说："我看见他坐在成年人的位子上，又见他与长辈并肩而行。可知他不是要求上进的人，而是个急于求成的人。"

卫灵公第十五

一　卫灵公问陈于孔子。孔子对曰："俎豆之事，则尝闻之矣。军旅之事，未之学也。"明日遂行。①

【注释】①卫灵公问陈，就是向孔子问军阵作战的事情。

【译文】卫灵公向孔子请教军队列阵作战之法。孔子回答说："祭祀礼仪方面的事情，我曾经听说过。用兵打仗的事，我从来没有学过。"第二天，孔子就离开了卫国。

二　在陈绝粮，从者病，莫能兴。子路愠见曰："君子亦有穷乎？"子曰："君子固穷，小人穷斯滥矣。"①

【注释】①孔子在陈国遭厄，断了粮食，随从的弟子都饿得起不来。子路现出愠怒之色，但非由于饥饿而愠，而是为孔子行道行不通。

【译文】（孔子一行）在陈国断了粮食，跟随的人都饿病了，没有人能起来。子路现出愠怒的神色，说道："君子也有无路可走的时候吗？"孔子说："君子虽然穷困，但还能固守，小人一遇穷困就胡作非为了。"

三　子曰："赐也，女以予为多学而识之者与？"对曰："然。非与？"曰："非也。予一以贯之。"①

【注释】①识，音义同志。识之，就是《述而》篇所说的"默而识之"的意思。多学而识之，是说博学而都默记在心。然，是子贡承认孔子多学而识之。非与，子贡反问孔子，我猜想的不是吗？《里仁》篇，孔子曾告诉曾子："吾道一以贯之。"

【译文】孔子说："赐啊，你以为我是一个多学博记的人吗？"子贡答道："是啊，难道不是吗？"孔子说："不是的。我是用一个根本的东西把它们贯通起来的。"

四　子曰："由，知德者鲜矣。"①

【注释】①依皇侃疏，孔子唤子路说，知德的人少。德的本字得是，从直心。心的本体寂然不动，名之为道。动则必变，虽动尚未变化，其必仍直，而不枉曲，这叫作德。不是修道的人不能知德，所以知德者少。

【译文】孔子说："仲由啊，知道仁德的人已经太少了。"

五　子曰："无为而治者，其舜也与？夫何为哉，恭己正南面而已矣。"①

【注释】①孔子说，能无为而治者，那就是舜吧。无为而治的意思，是说舜自己不做什么事，而能平治天下。

【译文】孔子说："能够以无为而治的办法，治理好天下的人，恐怕只有舜吧。他做了些什么呢？不过是庄严端正地坐在朝廷的王位上罢了。"

六　子张问行。子曰："言忠信，行笃敬，虽蛮貊之邦行矣。言不忠信，行不笃敬，虽州里，行乎哉？立，则见其参于前也；在舆，则见其倚于衡也。夫然后行。"子张书诸绅。①

【注释】①子张问行。这是指凡事行不行的问题。孔子解答，言语忠实守信，行为笃厚恭敬，"虽蛮貊之邦行矣"。

【译文】子张问怎样才能行得通。孔子说："只要说话忠诚信实，做事笃实恭敬，虽然在蛮荒落后的国家也能行得通。反之，如果说话不忠诚信实，做事不笃实恭敬，虽然是近在自己的乡里，你能行得通吗？站立时，就仿佛看到'忠信笃敬'这几个字显现在面前；乘车时，就好像看到这几个字刻在车辕前的横木上，这样才会行得通。"子张把这些话写在自己的衣带上。

七　子曰："直哉史鱼！邦有道，如矢；邦无道，如矢。君子哉蘧伯玉！邦有道，则仕；邦无道，则可卷而怀之。"①

【注释】①孔子赞美卫国两位大夫。一是为人正直的史鱼，不论国君有道无道，他都是直言直行，像矢一样的直。矢就是箭。一是君子蘧伯玉，国家有道，他出来从政，国家无道，他可以卷而怀之。

【译文】孔子说："史鱼真是正直啊！国家政治清明，他的言行像箭一样直；国家政治黑暗，他的言行也像箭一样直。蘧伯玉也是一位君子啊！国家政治清明就出来做官，国家政治黑暗就（辞去官职）把自己的主张隐藏在心里。"

八　子曰："可与言而不与之言，失人；不可与言而与之言，失言。知者不失人，亦不失言。"①

【注释】①可与言，就是可以与他谈论学问道德。

【译文】孔子说："应该与他谈论的人，却不和他谈，就是错失了人才；不应该与之谈论的人，却和他谈，就是说错了话。明智的人，既不会错失人才，也不会说错话。"

九　子曰："志士仁人，无求生以害仁，有杀身以成仁。"①

【注释】①志士，是有智慧之士。仁人，是有仁德之人。志士、仁人，不会因为求生而损害仁，只会牺牲生命而成全仁。

【译文】孔子说："有志之士和有德行的人，不会为了求生而损害仁道，只会牺牲生命以成全仁道。"

十 子贡问为仁。子曰："工欲善其事，必先利其器。居是邦也，事其大夫之贤者，友其士之仁者。"①

【注释】①孔子先说比喻，工匠想做好工作，必先使其工具锋利，然后为子贡说为仁之道，居在这国家里，要侍奉这国家的贤大夫，要结交有仁德的士人。

【译文】子贡问怎样修养仁德。孔子说："工匠想要做好他的事情，必须首先使他的工具锋利。居住在这个国家，就要侍奉大夫中那些贤德的人，与士人中的仁者结交为朋友。"

十一 颜渊问为邦。子曰："行夏之时，乘殷之辂，服周之冕，乐则《韶》《舞》。放郑声，远佞人。郑声淫，佞人殆。"①

【注释】①颜渊问为邦，即是问治国之道。

【译文】颜渊问怎样治理国家。孔子说："采用夏代的历法，乘坐殷代的车子，头戴周代的礼帽，音乐则用《韶》乐和《舞》乐。禁绝郑国的乐曲，疏远奸佞的小人。因为郑国的乐曲邪辟淫佚，奸佞小人太危险。"

十二 子曰："人无远虑，必有近忧。"①

【注释】①此意是说，一个人如果没有深远的思虑，他必然随时遭遇不可预测的忧患。远虑的意思很广泛，就办事方面说，不论大小事，目标要远大，办法要周详，又要预防流弊，就做人方面说，不但在人世间做一个好人就算了，还要学大道，否则忧患就在眼前。

【译文】孔子说："一个人如果没有长远考虑，必定随时会有不可预测的忧患。"

十三　子曰："已矣乎！吾未见好德如好色者也。"①

【注释】①好色是一个人与生俱来的习气，这习气有深浅之分，好色的习气愈深，则愈不能好德。孔子感叹，未见过好德就像好色一样的人。好色的人，自身尚不能治，何能齐家治国，所以，孔子不止一次地感叹。

【译文】孔子说："没有希望了，我从来没有见过喜好德行如同喜好美色的人。"

十四　子曰："臧文仲其窃位者与？知柳下惠之贤，而不与立也。"①

【注释】①臧文仲，是鲁国大夫臧孙辰，柳下惠是鲁国的贤人，依诸古注，柳下惠姓展，名获，字禽，私谥为惠，《微子》篇记，柳下惠曾为士师。臧文仲知道柳下惠是贤人，而不与立，所以孔子说他是窃位者。不与立，皇疏说，不荐之于君，使与己同立公朝。

【译文】孔子说："臧文仲大概是一个窃居职位的人吧！他明明知道柳下惠是个贤能的人，却不举荐他任职。"

十五 子曰："躬自厚而薄责于人，则远怨矣！"①

【注释】①王引之《经义述闻》说："躬自厚者，躬自责也，因下薄责于人而省责字。"躬自厚，对自己从重责备。薄责于人，对人从轻责备。如此可以远离他人的怨恨。"远"字读去声。

【译文】孔子说："能够自我反省，对自己要求严格，而对人以轻责备，就能远离怨恨了。"

十六 子曰："不曰'如之何、如之何'者，吾末如之何也已矣。"①

【注释】①如之何，意思是这事情该怎么办。不曰"如之何、如之何"者，凡事不说"怎么办、怎么办"的人，也就是说，凡事不用心考虑的人，孔子对这种人也不知道怎么办了。

【译文】孔子说："对于一个遇事从来不说'怎么办、怎么办'的人，我对他也不知怎么办才好。"

十七 子曰："群居终日，言不及义，好行小慧，难矣哉！"①

【注释】①终日成群相处，言不及义，不说有益的话，只喜欢表现小聪明，这种人难有成就，求学、办事，都无所成。小慧，皇本依《鲁论》作小惠。"惠"是"慧"的假借字，经典多通用。

【译文】孔子说："整天聚在一起，言谈从未论及正理，喜欢耍小聪明，这种人实在难以成就啊！"

十八　子曰："君子义以为质，礼以行之，孙以出之，信以成之。君子哉！"①

【注释】①君子以义为本质，凡事都合乎义。而在办事时，又能以礼行之。虽然合义合礼，但不骄傲，而能孙以出之。"孙"通"逊"，出言谦逊。不但如此，又以信实成其功。最后赞美一句："君子哉。"

【译文】孔子说："君子把义作为根本，依礼加以推行，以谦逊的态度来述说，以诚信的举动来成就，这就是真正的君子啊。"

十九　子曰："君子病无能焉，不病人之不己知也。"①

【注释】①包注："君子之人，但病无圣人之道，不病人之不己知。"君子只愁自己无能，不愁他人不知道自己。能，是办事的能力，君子办事，为公而不为私。

【译文】孔子说："君子只担心自己没有才能，不担心别人不了解自己。"

二十 子曰："君子疾没世而名不称焉。"①

【注释】①"疾"字与"病"字相同，忧虑之意。没世，当没身讲。君子忧虑，终其身，没有名誉给人称扬。君子有名，必有其实，疾没世而名不称，意思是疾没世而无实际善行可称。

【译文】孔子说："君子所担忧的是离开人世尚没有好名声传世。"

二十一 子曰："君子求诸己，小人求诸人。"①

【注释】①君子凡事责之于自己，小人凡事责之于他人。责是责备，凡事责备自己，即是求诸己，小人与此相反。

【译文】孔子说："君子责求自己，小人责求他人。"

二十二 子曰："君子矜而不争，群而不党。"①

【注释】①君子庄敬而不与人争，合群而不结党。

【译文】孔子说："君子庄重持敬而不争执，与人和睦相处而不结党营私。"

二十三　子曰："君子不以言举人，不以人废言。"①

【注释】①君子不因为一个人说话好就荐举他。虽不以言举人，但也不以人废言。

【译文】孔子说："君子不因为喜欢其言谈就举用他，不因为不喜欢其人就排斥其言论。"

二十四　子贡问曰："有一言而可以终身行之者乎？"子曰："其恕乎！己所不欲，勿施于人。"①

【注释】①一言，在这里作一字讲。子贡问，有没有一个字可以终身依之而行。孔子答复，那应该就是"恕"字。所谓恕，就是自己所不欲的事情，不要加在别人身上。"己所不欲，勿施于人。"是孔子给"恕"字最明确的注解，学仁学道，必须依此终身行之。

【译文】子贡问老师："有没有一句话可以终身奉行的呢？"孔子说："大概是恕吧！自己所不想要的，不要施加于他人。"

二十五　子曰："吾之于人也，谁毁谁誉？如有所誉者，其有所试矣。斯民也，三代之所以直道而行也。"①

【注释】①孔子认为，春秋风俗虽恶，但一般人民与夏商周三代的人民，同样都是人类，三代人君治理人民，是以直道而行，人皆向善，春秋人民当然也可用直道教化他们向善。直道最要紧，无论修己安人，都要切实守持。

【译文】孔子说："我对于别人，诋毁过谁？赞美过谁？如果有所赞美，必定是曾经考验过他。今天的人，和夏、商、周三代以直道行事的人们没有不同（因此也可以用直道教化他们向善）。"

二十六　子曰："吾犹及史之阙文也。有马者，借人乘之。今亡矣夫！"①

【注释】①吾犹及：孔子说他自己尚能及时见过。史之阙文："史"是掌理史书之官，"阙"同"缺"，"文"就是字。

【译文】孔子说："我还能看到史官因对文字存疑而在书上留有空缺的地方。有马的人（自己不会调教），能借给别人骑坐。现在已经没有这种人了。"

二十七　子曰："巧言乱德，小不忍则乱大谋。"①

【注释】①巧言，能把无理说得有理，而且动听，这种言语足以扰乱人的德行。小不忍，无论对人对事，如在小处不能忍耐，便会扰乱大计。

【译文】孔子说："花言巧语扰乱德行，小处不能忍耐就会坏了大事。"

二十八　子曰："众恶之，必察焉；众好之，必察焉。"①

【注释】①大众厌恶某人，某人不一定可恶，必须考察某人确实可恶，然后恶之。大众爱好某人，某人不一定可好，必须考察某人确实可好，然后好之。

【译文】孔子说："大家都厌恶的人，必须审察一下；大家都喜欢的人，也一定要考察一下。"

二十九　子曰："人能弘道，非道弘人。"①

【注释】①孔子说这话的意思，是要人明白，道虽人人本来具有，但必须自己领悟，方得受用，悟后又须弘扬光大，期使人皆得其受用。

【译文】孔子说："人能够使道发扬光大，不是道使人的才能扩大。"

三十　子曰："过而不改，是谓过矣！"①

【注释】①一个人有过而不改，这就叫作过了。

【译文】孔子说："有过错而不去改正，才叫作真正的过错！"

三十一　子曰："吾尝终日不食，终夜不寝，以思，无益，不如学也。"①

【注释】①孔子说他自己曾经整天不吃饭，整夜不睡眠，独自寻思，但无获益，还不如读书求学好。

【译文】孔子说："我曾经整天不吃饭，整夜不睡觉，只是在思考，后来发觉这样空想毫无收益，不如脚踏实地去学习好。"

三十二　子曰："君子谋道不谋食。耕也，馁在其中矣；学也，禄在其中矣。君子忧道不忧贫。"①

【注释】①古时士农工商，各有其业。君子，指士人而言。君子应当专心求道，不要顾虑自己的生活问题，是这章经文的大意。

【译文】孔子说："君子只一心谋求道义，不谋求衣食。耕种田地，也难免常要饿肚子；一心向学，就可能得到俸禄。所以君子只担心道义不能行，不担心贫穷。"

三十三　子曰："知及之，仁不能守之，虽得之，必失之。知及之，仁能守之，不庄以涖之，则民不敬。知及之，仁能守之，庄以涖之，动之不以礼，未善也。"①

【注释】①"知及之"，智力能得天下，或得国家。"仁不能守之"，不能以仁守之。如此，虽得天下或国家，但必将丧失天下或国家。

【译文】孔子说："依靠聪明才智足以得到天下，但仁德不能保持它，即使得到了，也一定会丧失。依靠聪明才智足以得到天下，仁德也可以保持它，但如果不用庄重的态度来治理百姓，那么百姓就会不敬。依靠聪明才智足以得到天下，仁德可以保持它，也能用庄重的态度来治理百姓，但如果不能用礼仪引导百姓，也仍然没有达到尽善尽美的境地。"

三十四　子曰："君子不可小知，而可大受也。小人不可大受，而可小知也。"①

【注释】①君子之道深远，不可以小事了知其能力，然而他可以接受重大任务。小人之道浅近，可以小事见知于人，然而不能担当大任。

【译文】孔子说："君子不能了解小事却能担当重任，小人不能担当重任却能了解小事。"

三十五　子曰："民之于仁也，甚于水火。水火，吾见蹈而死者矣，未见蹈仁而死者也。"①

【注释】①人之需要仁，甚于需要水火。孔子说他曾见有人蹈水火而死，未见蹈仁而死。

【译文】孔子说："百姓们对于仁德（的需要），比对于水火（的需要）更迫切。我只见过有人跳到水火中而死的，却没有见过因实行仁德而死的。"

三十六　子曰："当仁，不让于师。"①

【注释】①依集解孔注，遇有行仁之事时，不复让于师，这是行仁紧急之故。

【译文】孔子说："面对仁德的事，即使是在老师面前也不必谦让。"

三十七　子曰："君子贞而不谅。"①

【注释】①君子守其正道，而不必谅。

【译文】孔子说："君子坚守正道而不拘泥于小节。"

三十八　子曰："事君，敬其事而后其食。"①

【注释】①事君，应当尽力办事，不以食禄为先。

【译文】孔子说："侍奉君主，应该认真办事，而把领取俸禄之事放在后面。"

三十九　子曰："有教无类。"①

【注释】①有教诲，无种类。只有单纯的施教，不论求教者是哪一种人。即如恶人，可以教他向善。善人，可以教他更善。这是孔子的教育思想，也是孔子施教的事实。

【译文】孔子说："凡是人都应该受教育，不应该分类别。"

四十　子曰："道不同，不相为谋。"①

【注释】①道不同，意见不合，不能共同办事，否则如圆凿方枘，其事不成。

【译文】孔子说："主张不同，就无法在一起共同谋划、共事。"

四十一　子曰："辞达而已矣！"①

【注释】①辞，包括说话作文，只要适切地表达意思即可。

【译文】孔子说："言辞能表达意思就够了。"

四十二　师冕见，及阶，子曰："阶也。"及席，子曰："席也。"皆坐，子告之曰："某在斯，某在斯。"师冕出，子张问曰："与师言之道与？"子曰："然，固相师之道也。"①

【注释】①师冕走到阶前，孔子告诉他，这是台阶。师冕走到座席前，孔子告诉他，这是座席。大家坐定了，孔子告诉师冕，某人坐在某处，某人坐在某处。

【译文】乐师冕来见孔子，走到台阶边，孔子说："这儿是台阶。"走到座席旁，孔子说："这是座席。"等大家都坐下来，孔子告诉他："某某在这里，某某在这里。"师冕走了以后，子张就问孔子："这就是与盲人说话的方式吗？"孔子说："这应该是接待盲人的方式。"

季氏第十六

■一　季氏将伐颛臾①，冉有、季路见于孔子曰："季氏将有事于颛臾。"孔子曰："求，无乃尔是过与？夫颛臾，昔者先王以为东蒙主，且在邦域之中矣，是社稷之臣也，何以伐为？"冉有曰："夫子欲之，吾二臣者，皆不欲也。"孔子曰："求！周任有言曰：'陈力就列，不能者止。'危而不持，颠而不扶，则将焉用彼相矣？且尔言过矣。虎兕出于柙，龟玉毁于椟中，是谁之过与？"冉有曰："今夫颛臾，固而近于费，今不取，后世必为子孙忧。"孔子曰："求，君子疾夫舍曰欲之而必为之辞。丘也闻，有国有家者，不患寡而患不均，不患贫而患不安。盖均无贫，和无寡，安无倾。夫如是，故远人不服，则修文德以来之。既来之，则安之。今由与求也，相夫子，远人不服而不能来也，邦分崩离析而不能守也，而谋动干戈于邦内，吾恐季孙之忧，不在颛臾，而在萧墙之内也。"

【注释】①季氏将伐颛臾："季氏"，刘氏《正义》说，就是鲁国的季康子。"颛臾"，据集解孔安国注，是伏羲的后裔，风姓之国，本为鲁国的附庸，当时臣属于鲁。季氏贪其地，欲灭而有之。冉有、季路，都做季氏家臣，所以来见孔子，报告此事。

【译文】季氏将要讨伐颛臾。冉有、子路去见孔子说："季氏将要对颛臾有所行动了。"孔子说："冉求，这不就是你的过错吗？颛臾，过去先王任命其主持东蒙山的祭祀，而且在鲁国的疆域之内，是国家的臣属啊，为什么还要讨伐它呢？"冉有说："季孙大夫想打，我们两人都不愿意。"孔子说："冉求！周任有句话说：'尽力做好你的本分事，实在做不好就辞职。'有了危险不去扶助，跌倒了不去搀扶，何必还用辅佐？而且你的说法错了。老虎、犀牛从笼子里跑出来，龟甲、玉器在匣子里毁坏了，这是谁的过错呢？"冉有说："颛臾城墙坚固，又靠近季氏的封邑费。现在不把它夺取过来，将来一定会给子孙留下忧患。"孔子说："冉求，君子痛恨那种隐瞒欲望而又一定要找出理由来为之辩解的做法。我听说，拥有封国、家族的人，不担忧贫穷而担忧财富不均，不担忧人口少而担忧不安定。因为财富均等也就没有了贫穷，和谐了就不会感到人少，安定了就没有倾覆的危险了。如果做到这样，远方的人还不归服，就修养文化道德以使其归服。已经来了的，就让他们安居乐业。现在，仲由和冉求你们两个人辅助季氏，远方的人不归服，而不能修德以召来他们，国家分崩离析却不能守护，反而图谋在国内兴师动众。我恐怕季孙的忧患不在颛臾，而是在朝廷的内部呢！"

二　孔子曰："天下有道，则礼乐征伐自天子出；天下无道，则礼乐征伐自诸侯出。自诸侯出，盖十世希不失矣；自大夫出，五世希不失矣；陪臣执国命，三世希不失矣。天下有道，则政不在大夫。天下有道，则庶人不议。"①

【注释】①礼乐征伐之权，不由天子，而由诸侯擅行，便是天下无道。就诸侯而论，一旦不听从天子之命，自专礼乐征伐，则这诸侯大概传到十代就要亡国，不亡却是稀少。

【译文】孔子说："天下政治清明，制作礼乐和出兵打仗都由天子做主决定；天下政治黑暗，制作礼乐和出兵打仗由诸侯做主决定。由诸侯决定政令，大概经过十代很少有不垮台的；由大夫决定政令，经过五代很少有不垮台的；由大夫的家臣决定政令，经过三代很少有不垮台的。天下政治清明，国家政权就不会落在大夫手中。天下政治清明，老百姓也就不会议论国家政治了。"

三　孔子曰："禄之去公室五世矣，政逮于大夫四世矣，故夫三桓之子孙微矣。"①

【注释】①禄，郑康成注为"爵禄"，爵是爵位，禄是俸禄。爵禄赏罚，决于君主，故即代表君主之权。

【译文】孔子说："爵禄脱离公室已经五代了，政权旁落大夫之手已经四代了，所以（把持鲁国国政的孟孙、叔孙、季孙）三家的子孙也衰微了。"

四 孔子曰："益者三友，损者三友。友直，友谅，友多闻，益矣；友便辟，友善柔，友便佞，损矣。"①

【注释】①有益的朋友有三种，有损的朋友有三种。

【译文】孔子说："有益的朋友有三种，有害的朋友也有三种。朋友正直、朋友诚实守信、朋友见识广博，是有益的；朋友奉承、朋友谄媚、朋友圆滑强辩，是有害的。"

五 孔子曰："益者三乐，损者三乐。乐节礼乐，乐道人之善，乐多贤友，益矣；乐骄乐，乐佚游，乐宴乐，损矣。"①

【注释】①前章指人而言，此章指事而言。益者三乐：有益的乐事有三。损者三乐：有损的乐事。

【译文】对人有益的乐趣有三种，对人有害的乐趣也有三种。乐于以礼乐来节制行为、乐于称道他人的长处、乐于多结交贤能的朋友，是有益的；乐于骄奢淫逸、乐于游荡无度、乐于宴请饮酒，是有害的。

六 孔子曰："侍于君子有三愆：言未及之而言，谓之躁；言及之而不言，谓之隐；未见颜色而言，谓之瞽。"①

【注释】①"愆"作过失讲，随侍君子，容易犯三种过失。

【译文】孔子说："侍奉君子要注意避免犯三种过失：还没

有问到的时候就说话，这叫急躁；已经问到的时候却不说，这叫隐默；不看君子的神态而贸然说话，这叫盲目而不会察言观色。"

七　孔子曰："君子有三戒：少之时，血气未定，戒之在色；及其壮也，血气方刚，戒之在斗；及其老也，血气既衰，戒之在得。"①

【注释】①君子要有三戒，依人生少壮老三时期，戒三件事。

【译文】孔子说："君子应当有三戒：少年时，血气尚未稳定，发育尚未完全，应当戒的是好色；壮年时，血气正刚强，应当戒的是好勇斗狠；等到老了，血气既然衰颓，应当戒的是贪求务得。"

八　孔子曰："君子有三畏：畏天命，畏大人，畏圣人之言。小人不知天命而不畏也，狎大人，侮圣人之言。"①

【注释】①"畏"是恐惧而不敢违背之义。天命，古注当善恶报应讲。

【译文】孔子说："君子有三种敬畏：敬畏天命，敬畏德高望重的人，敬畏圣人的言语。小人因为不懂天命而不知道敬畏，轻慢德高望重的人，亵渎圣人的言语。"

九 孔子曰："生而知之者，上也；学而知之者，次也；困而学之，又其次也；困而不学，民斯为下矣！"①

【注释】①孔子把人的资质分为上中下三等。上等的人是生而知之者，他生来就知道一些事理。次一等的人是学而知之者，他虽然不学不知，但是一学就会。又次一等的人是困而学之。

【译文】孔子说："天生就知道，不学而能者，是最上等的；学习之后才知道的，是次等的；遇到困难才知道要学习的，又次一等了；如果遇到困难还不知道要学习，就是下等的愚民。"

十 孔子曰："君子有九思：视思明，听思聪，色思温，貌思恭，言思忠，事思敬，疑思问，忿思难，见得思义。"①

【注释】①九思，有一定的程序，不能颠倒。

【译文】孔子说："君子有九种要用心思考的事：看要看得明白，不可以有丝毫模糊；听要听得清楚，不能够含混；脸色要温和，不可以显得严厉难看；容貌要谦虚恭敬有礼，不可以骄傲、轻忽他人；言语要忠厚诚恳，没有虚假；做事要认真负责，不可以懈怠懒惰；有疑惑要想办法询问，不可以得过且过；生气的时候要想到后患，不可以意气用事；遇见可以取得的利益时，要想想是不是合乎大义。"

十一　孔子曰："见善如不及，见不善如探汤，吾见其人矣，吾闻其语矣。隐居以求其志，行义以达其道，吾闻其语矣，未见其人也。"①

【注释】①"见善如不及"，意谓见到善人便觉得好像不如他，想要学他那样好。此即见贤思齐的意思。

【译文】孔子说："看到善良的行为就要学习，好像担心自己赶不上似的，看到不善良的行为赶快离开，就好像把手伸到开水中赶快避开一样，我见到过这样的人，也听到过这样的话。以隐居来坚守志向，以行义来实现真理，我听到过这种话，却没有见到过这样的人。"

十二　齐景公有马千驷，死之日，民无德而称焉。伯夷、叔齐饿于首阳之下，民到于今称之，其斯之谓与？①

【注释】①齐景公有马四千匹。既为大国之君，又有如此势力。然而，死的时候，人民想不出他有什么善行可以称述。古时伯夷、叔齐兄弟二人，饿死于首阳山下，到孔子时代，人民还称赞他们。

【译文】齐景公有马四千匹，他死的时候，人民却觉得他没有任何德行可以称颂。伯夷、叔齐饿死在首阳山下，人民到现在还在称颂他们。说的就是这个意思吧？

十三　陈亢问于伯鱼曰："子亦有异闻乎？"对曰："未也。尝独立，鲤趋而过庭，曰：'学《诗》乎？'对曰：'未也。''不学《诗》，无以言。'鲤退而学《诗》。他日，又独立，鲤趋而过庭，曰：'学礼乎？'对曰：'未也。''不学礼，无以立。'鲤退而学礼。闻斯二者。"陈亢退而喜曰："问一得三：闻诗，闻礼，又闻君子之远其子也。"①

【注释】①陈亢，字子禽，是孔子弟子。伯鱼，名鲤，孔子之子。

【译文】陈亢问伯鱼："你听到过老师特别的教诲吗？"伯鱼回答说："没有呀。父亲曾独自站在堂上，我快步从庭里走过，他说：'学《诗经》了吗？'我回答说：'没有。'他说：'不学《诗经》，就不能言谈应对。'我回去就学《诗经》。又有一天，父亲又独自站在堂上，我快步从庭里走过，他说：'学礼了吗？'我回答说：'没有。'他说：'不学礼就无法立身处世。'我回去就学礼。我就听到过这两件事。"陈亢回去高兴地说："我提一个问题，却得到三大收获：听了关于《诗经》的道理，听了关于礼的道理，又听了君子不偏爱自己儿子的道理。"

十四　邦君之妻，君称之曰"夫人"，夫人自称曰"小童"，邦人称之曰"君夫人"，称诸异邦曰"寡小君"，异邦人称之亦曰"君夫人"。

【译文】国君的妻子，国君称她为"夫人"，夫人自称为"小童"，国人称她为"君夫人"，对他国人则称她为"寡小君"，他国人也称她为"君夫人"。

阳货第十七

阳货欲见孔子，孔子不见，^①归孔子豚。孔子时其亡也而往拜之，遇诸涂。谓孔子曰："来，予与尔言。"曰："怀其宝而迷其邦，可谓仁乎？"曰："不可。""好从事而亟失时，可谓知乎？"曰："不可。""日月逝矣，岁不我与。"孔子曰："诺。吾将仕矣。"

【注释】①阳货欲见孔子，孔子不见：阳货就是季氏的家臣阳虎，孔安国说他以季氏家臣而专鲁国之政，皇疏说他派人召见孔子，想叫孔子替他办事，而孔子恶他专滥，不与他相见。

【译文】阳货想见孔子，孔子不见他，于是他就给孔子送了只蒸熟的小猪。孔子趁他不在家时去拜谢他，却在半路上相遇了。阳货对孔子说："来，我有话要跟你说。"阳货说："怀藏自己的本领而听任国家迷乱，这可以叫作仁吗？"孔子说："不可以。"阳货说："喜好从事政务却多次丧失时机，这可以说是智吗？"孔子说："不可以。"阳货说："时光流逝，岁月不等人啊！"孔子说："好吧，我将要去做官了。"

二　子曰："性相近也，习相远也。"

【译文】孔子说："人的天性是相近的，由于后天环境影响的不同，习气相差就远了。"

三　子曰："唯上知与下愚不移。"①

【注释】①"唯上知"的"唯"字，承前"性相近也，习相远也"而来，虽然"性相近也，习相远也"，但是"唯上知与下愚不移"。

【译文】孔子说："只有上等的智者与下等的愚者是不可以改变的。"

四　子之武城，闻弦歌之声。夫子莞尔而笑曰："割鸡焉用宰牛刀。"子游对曰："昔者偃也闻诸夫子曰：'君子学道则爱人，小人学道则易使也。'"子曰："二三子，偃之言是也！前言戏之耳。"①

【注释】①武城在今山东省，当时是鲁国一个小邑。

【译文】孔子到武城，听见弹琴唱歌的声音。孔子微笑着说："杀鸡何必要用宰牛的刀呢？"子游回答说："以前我听先生说过：'君子学习了礼乐就懂得爱护别人，小人学习了礼乐就容易役使。'"孔子说："学生们，言偃讲得对！我刚才说的只是开个玩笑而已。"

五　公山弗扰以费畔，召，子欲往。子路不说，曰："末之也已，何必公山氏之之也！"子曰："夫召我者，而岂徒哉？如有用我者，吾其为东周乎！"①

【注释】①费是鲁国季氏的采邑。

【译文】公山弗扰据费邑反版，来召请孔子，孔子准备前去。子路不高兴地说："没有地方去就算了，为何非去公山弗扰那里呢？"孔子说："来召请我的人难道没有打算吗？如果有人举用我，我就要在东方复兴周代的典制。"

六　子张问仁于孔子。孔子曰："能行五者于天下，为仁矣。"请问之。曰："恭、宽、信、敏、惠。恭则不侮，宽则得众，信则人任焉，敏则有功，惠则足以使人。"①

【注释】①"恭则不侮"，恭敬人，则不被人侮慢。

【译文】子张向孔子询问仁。孔子说："能在天下施行五项德行，就是仁人了。"子张请教哪五项。孔子说："恭敬、宽厚、信实、勤敏、惠爱。恭敬就不致遭受侮辱，宽厚就会得到众人的拥护，信实就能得到别人的任用，勤敏就会提高工作效率，惠爱就足以役使他人。"

七　佛肸召，子欲往。子路曰："昔者由也闻诸夫子曰：'亲于其身为不善者，君子不入也。'佛肸以中牟畔，子之往也，如之何？"子曰："然。有是言也，不曰坚乎，磨而不磷；不曰白乎，涅而不缁。吾岂匏瓜也哉？焉能系而不食。"①

【注释】①孔子的意思是说，他不能像匏瓜星那样悬系在天空，而为不可食之物。比喻他在世间不愿做无用之人。

【译文】佛肸召孔子，孔子打算去。子路说："从前我听先生说过：'亲自做坏事的人那里，君子是不去的。'现在佛肸据中牟反叛，您却要去，这是为什么呢？"孔子说："是的，我这样说过。不是说坚硬的东西磨也磨不坏吗？不是说洁白的东西染也染不黑吗？我难道是个苦味的葫芦吗？怎么能只挂在那里而不给人吃呢？"

八　子曰："由也，女闻六言六蔽矣乎？"对曰："未也。""居，吾语女。好仁不好学，其蔽也愚；好知不好学，其蔽也荡；好信不好学，其蔽也贼；好直不好学，其蔽也绞；好勇不好学，其蔽也乱；好刚不好学，其蔽也狂。"①

【注释】①何晏注，六言六蔽，是说仁智信直勇刚六事。

【译文】孔子说："仲由呀，你听说过六种德行各自的弊病吗？"子路回答说："没有。"孔子说："坐下，我告诉你。爱好仁德但不爱好学习，它的弊病是愚昧；爱好智慧但不爱好学习，它的弊病是行为浮荡；爱好诚信但不爱好学习，它的弊病是受伤害；爱好直率但不爱好学习，它的弊病是好刺人之非；爱好勇敢但不爱好学习，它的弊病是作乱；爱好刚强但不爱好学习，它的弊病是狂妄。"

九 子曰："小子何莫学夫《诗》？《诗》，可以兴，可以观，可以群，可以怨。迩之事父，远之事君。多识于鸟兽草木之名。"①

【注释】①"多识于鸟兽草木之名"：识，读志，记忆之义。三百篇中含有动物学、植物学等，学诗不但有以上种种益处，还可以增广动植物的知识。

【译文】孔子说："弟子们为何不学习《诗经》呢？《诗经》能够即景生情，能够观察民俗，能够合群相处，能够抒发怨恨。近可以用来侍奉父母，远可以侍奉君主。还可以多知道一些鸟兽草木的名称。"

十 子谓伯鱼曰："女为《周南》《召南》矣乎？人而不为《周南》《召南》，其犹正墙面而立也与？"①

【注释】①《诗经》有十五国风，首为《周南》的诗，计有《关雎》等十一篇，次为《召南》的诗，计有《鹊巢》等十四篇，然后是其他诸国之风。

【译文】孔子对伯鱼说："你研读过《周南》《召南》了吗？一个人如果不学习《周南》《召南》，就好比面对墙壁而站在那里吧。"

十一 子曰："礼云礼云，玉帛云乎哉？乐云乐云，钟鼓云乎哉？"①

【注释】①孔子用反问语气说明，礼不仅指玉帛而言，乐不仅指钟鼓而言。

【译文】孔子说："礼呀礼呀，难道只是说的玉帛之类的礼器吗？乐呀乐呀，难道只是说的钟鼓之类的乐器吗？"

十二 子曰："色厉而内荏，譬诸小人，其犹穿窬之盗也与？"①

【注释】①色厉是外貌严厉，内荏是内心柔弱。

【译文】孔子说："外表严厉而内心虚弱，用小人来做比喻，大概就像挖墙洞的小偷吧？"

十三 子曰："乡原，德之贼也。"①

【注释】①乡原，指的是一种人，依字义解释，就是一乡之人都称他为善人。但是孔子以为，乡原是贼害道德的人，所以说他是"德之贼"。

【译文】孔子说："在一乡之中同流合污，又能做到完全不得罪人，那种假好人，是道德的败类！"

十四　子曰："道听而涂说，德之弃也！"①

【注释】①"道""涂"二字，道是大道，如"志于道"的道；涂，通"途"，就是路途。

【译文】孔子说："在道路上听到就在路上传播，此为有德的人所不取。"

十五　子曰："鄙夫可与事君也与哉？其未得之也，患得之。既得之，患失之。苟患失之，无所不至矣。"①

【注释】①鄙夫，是一个没有品行的人，他贪图名利，行为卑鄙。

【译文】孔子说："难道可以与一个鄙陋之人一起侍奉君主吗？在没有得到官位时，他总担心得不到；得到了后，又怕失去它。如果他担心失去官职，那他就什么事都干得出来。"

十六　子曰："古者民有三疾，今也或是之亡也。古之狂也肆，今之狂也荡；古之矜也廉，今之矜也忿戾；古之愚也直，今之愚也诈而已矣。"①

【注释】①孔子辨别在他那时候的人比不上古人，他以古人的三疾与他当时人比较，便显出今古之异。

【译文】孔子说："古人有三种毛病，现在的人或许已不是原来的样子了。古代的狂者追求自由，而现在的狂者却是放荡不羁；古代的人矜持是方正峭厉，现在的人矜持却是凶恶蛮横；古代的人愚昧不过是直率一些，现在的人愚昧却是欺诈啊！"

十七 子曰："巧言令色，鲜矣仁。"①

【注释】①集解王肃注："巧言无实，令色无质。"邢昺疏："此章与《学而》篇同，弟子各记所闻，故重出之。"

【译文】孔子说："花言巧语、爱看人眼色、见风使舵的人，真正仁义的很少。"

十八 子曰："恶紫之夺朱也，恶郑声之乱雅乐也，恶利口之覆邦家者。"①

【注释】①孔子厌恶紫色之夺朱色，厌恶郑声之乱雅乐，厌恶利口之人倾覆邦家。

【译文】孔子说："我厌恶紫色扰乱了朱色（古时的正色），厌恶荒淫的郑国音乐扰乱了雅乐，厌恶花言巧语、颠倒是非而使国家倾覆灭亡的人。"

十九　子曰："予欲无言！"子贡曰："子如不言，则小子何述焉？"子曰："天何言哉？四时行焉，百物生焉。天何言哉！"①

【注释】①此章是孔子提示弟子，学道必须离言而求。

【译文】孔子说："我不想说了！"子贡说："老师如果不说，做学生的要如何传述，如何遵循呢？"孔子说："天何曾说些什么呢？四季运行，万物生长。天又何曾说了些什么呢！"

二十　孺悲欲见孔子，孔子辞以疾，将命者出户，取瑟而歌，使之闻之。①

【注释】①孺悲求见孔子，孔子推辞有病。一俟传话的人出户传话时，孔子就取瑟来弹奏，而且歌唱。孔子使孺悲闻知自己在瑟歌，不是真的有病，而是不愿接见他。

【译文】孺悲想见孔子，孔子称有病不见他。传话的人刚出门，（孔子）便取来瑟边弹边唱，（有意）让孺悲听到。

二十一　宰我问："三年之丧，期已久矣。君子三年不为礼，礼必坏；三年不为乐，乐必崩。旧谷既没，新谷既升，钻燧改火，期可已矣。"子曰："食夫稻，衣夫锦，于女安乎？"曰："安。""女安，则为之。夫君子之居丧，食旨不甘，闻乐不乐，居处不安，故不为也。今女安，则为之。"

宰我出，子曰："予之不仁也。子生三年，然后免于父母之怀。夫三年之丧，天下之通丧也。予也有三年之爱于其父母乎？"①

【注释】①三年之丧，是为父母服丧的年限，东周时代的人已不完全遵守。到了孔子时代，不守三年丧期的人更为普遍，但孔子教礼仍然严守三年，孔门弟子依教而行。

【译文】宰我问："守丧三年，时间未免太长了。君子三年不讲究礼仪，礼仪必然败坏；三年不研习乐，乐必会败坏。旧谷吃完，新谷成熟，钻燧取火的木头改用新木，守丧一年的时间就可以了。"孔子说："（才一年的时间，）你就吃开了大米饭，穿起了锦缎衣，你心安吗？"宰我说："我心安。"孔子说："你心安，你就那样去做吧！君子守丧，吃美味不觉得香甜，听音乐不觉得快乐，住在家里不觉得舒服，所以不那样做。如今你既觉得心安，你就那样去做吧！"宰我出去后，孔子说："宰予真是不仁啊！小孩生下来，到三岁时才能离开父母的怀抱。守丧三年，这是天下通行的丧礼。难道宰予对他的父母连三年的爱都没有吗？"

二十二　子曰："饱食终日，无所用心，难矣哉！不有博弈者乎？为之犹贤乎已。"①

【注释】①一个人饱食终日，不做事，不用心思，孔子说此人"难矣哉"，马融注："为其无所据乐，善生淫欲也。"

【译文】孔子说："一天到晚吃饱了饭，什么心思也不用，真难以教诲啊！不是还有玩博和下棋的游戏吗？玩玩这些也比闲着好。"

二十三　子路曰："君子尚勇乎？"子曰："君子义以为上。君子有勇而无义为乱，小人有勇而无义为盗。"①

【注释】①尚是崇尚，勇是勇敢。

【译文】子路问："君子崇尚勇敢吗？"孔子答道："君子把义作为最高准则。君了有勇无义就会出乱子，小人有勇无义就会做盗贼。"

二十四　子贡曰："君子亦有恶乎？"子曰："有恶。恶称人之恶者，恶居下流而讪上者，恶勇而无礼者，恶果敢而窒者。"曰："赐也亦有恶乎？"子贡曰："恶徼以为知者，恶不孙以为勇者，恶讦以为直者。"①

【注释】①"恶称人之恶者"：做人之道，应该替人隐恶扬善。称人之恶者，就是宣扬他人之恶的人，此与隐恶扬善相反，所以孔子恶之。

【译文】子贡说："君子也有讨厌的人吗？"孔子说："有。厌恶宣扬别人坏处的人，厌恶身居下位而诽谤在上者的人，厌恶勇敢而不懂礼节的人，厌恶果敢而又不通事理的人。"孔子又说："赐啊，你也有厌恶的人吗？"子贡说："厌恶把剽窃他人成就当成智慧的人，厌恶把不谦虚当作勇敢的人，厌恶把攻讦他人作为正直的人。"

二十五 子曰："唯女子与小人为难养也，近之则不逊，远之则怨。"①

【注释】①只有女子与小人难以畜养。亲近他们，他们就不逊从。疏远他们，他们又怨恨。

【译文】孔子说："只有女子与小人最难以养护，如果和他们亲近，他们就不会礼让，如果和他们疏远，他们就会抱怨。"

二十六 子曰："年四十而见恶焉，其终也已。"①

【注释】①郑康成注："年在不惑，而为人所恶，终无善行也。"孔子四十而不惑，普通人到了四十岁仍然被人憎恶，此人已不能改善了。学者应当及时进德修业。

【译文】孔子说："如果一个人到了四十岁的时候还被人厌恶，他这一生也算完了。"

微子第十八

一　微子去之，箕子为之奴，比干谏而死。孔子曰："殷有三仁焉。"①

【注释】①殷纣王暴虐无道，不听任何人谏诤，微子离去，箕子佯狂为奴，比干谏之尤力，结果被纣剖心而死。

【译文】微子离开了纣王，箕子佯狂为奴，比干因直言敢谏而被杀死。孔子说："殷朝有三位仁人啊！"

二　柳下惠为士师，三黜。人曰："子未可以去乎？"曰："直道而事人，焉往而不三黜？枉道而事人，何必去父母之邦？"①

【注释】①孔注及皇邢二疏说，柳下惠就是展禽，他做鲁国的典狱之官，无罪而三度被黜退。

【译文】柳下惠担任士师，多次被罢黜。有人劝他说："你为什么不离开鲁国到他国去呢？"柳下惠回答说："我以正直之道侍奉他人，到哪里不会被多次罢黜呢？我若以不正直的态度去侍奉他人，又何必一定要离开自己的国家呢？"

三 齐景公待孔子，曰："若季氏，则吾不能，以季、孟之间待之。"曰："吾老矣，不能用也。"孔子行。①

【注释】①孔子年三十五，鲁昭公奔到齐国不久，孔子也到了齐国，住了一段时期。就在这期间，景公两度问政于孔子，将欲以尼溪田封给孔子，但被晏婴阻止。后来景公说出待孔子之道，就是《论语》此章所记的言辞。

【译文】齐景公商量安排孔子时说："像鲁君重用季氏那样，我做不到，我只能用介于季氏、孟氏之间的待遇对待他。"后来又说："我老了，不能再用孔子了。"就这样，孔子离开了齐国。

四 齐人归女乐，季桓子受之，三日不朝，孔子行。①

【注释】①鲁君接受齐国所馈赠的女乐，孔子即知己无法在鲁国行道，便辞官去鲁。

【译文】齐国人赠送很多歌女给鲁国，季桓子接受了，几天都不上朝处理政事。孔子于是离开了。

五 楚狂接舆歌而过孔子曰："凤兮凤兮，何德之衰。往者不可谏，来者犹可追。已而已而，今之从政者殆而。"孔子下，欲与之言，趋而避之，不得与之言。①

【注释】①孔子周游列国，在陈蔡之间被困绝粮，后由楚昭王出兵迎接，到了楚国。昭王欲以书社地七百里封孔子，但被楚令尹子西阻止。后来昭王卒，孔子尚在楚国时，楚狂接舆歌而过孔子。

【译文】楚国的狂人接舆唱着歌走过孔子的车旁，他唱道："凤凰啊，凤凰啊，你的德行怎么这么衰弱呢？过去的已经不能挽回，未来的还来得及改正。算了吧，算了吧。如今的执政者危险极了！"孔子下车，想同他谈谈，他却快步避开了，孔子无法和他交谈。

六 长沮、桀溺耦而耕①，孔子过之，使子路问津焉。长沮曰："夫执舆者为谁？"子路曰："为孔丘。"曰："是鲁孔丘与？"曰："是也。"曰："是知津矣。"问于桀溺。桀溺曰："子为谁？"曰："为仲由。"曰："是鲁孔丘之徒与？"对曰："然。"曰："滔滔者天下皆是也，而谁以易之？且而与其从辟人之士也，岂若从辟世之士哉？"耰而不辍。子路行以告，夫子怃然曰："鸟兽不可与同群，吾非斯人之徒与而谁与？天下有道，丘不与易也。"

【注释】①《史记·孔子世家》记载，孔子"去叶反于蔡"之际，就是正要离开楚国的叶邑时，途中遇见长沮、桀溺二人，因而使子路问津。二人都是隐士，思想与孔子不同。

【译文】长沮、桀溺两人一块儿耕种，孔子路过，让子路去询问渡口在哪里。长沮问子路："那个拿着缰绳驾车子的是谁？"子路回答说："是孔丘。"长沮说："是鲁国的孔丘吗？"子路说："是的。"长沮听了便说："那他恐怕早已知道渡口的位置了。"子路再去问桀溺。桀溺反问说："你是谁？"子路回答说："我是仲由。"桀溺又反问："你是鲁国孔丘的门徒吗？"子路说："是的。"桀溺说："滔滔洪水到处都是，谁能改变它呢？而且你与其跟随四处周游躲避世人的人，何不跟随躲避世道的人呢？"说完，仍旧不停地做田里的农活。子路回来后把长沮、桀溺说的话报告给孔子。孔子很失望地说："飞禽走兽是不能与之合群共处的，我不和世人相处，又和谁待在一起呢？天下清平，我就不会去改变它了。"

七　子路从而后，遇丈人，以杖荷蓧①，子路问曰："子见夫子乎？"丈人曰："四体不勤，五谷不分，孰为夫子？"植其杖而芸。子路拱而立，止子路宿，杀鸡为黍而食之，见其二子焉。明日，子路行以告。子曰："隐者也。"使子路反见之，至，则行矣。子路曰："不仕无义。长幼之节，不可废也。君臣之义，如之何其废之。欲洁其身，而乱大伦。君子之仕也，行其义也。道之不行，已知之矣。"

【注释】①"遇丈人，以杖荷蓧"，包咸注："丈人，老人也。蓧，竹器。"

【译文】子路跟随孔子出行，却远远落在了后面，遇到一个老人，用拐杖担着锄草的工具。子路问道："你看见我的老师了吗?"老人说:"四肢不劳动,五谷不认识,谁知道你的老师是什么人?"说完,便扶着拐杖去锄草。子路拱着手恭敬地站在一旁。老人见子路如此,便留子路到他家住宿,杀了鸡,做了小米饭给他吃,又叫两个儿子出来与子路见面。第二天,子路追上孔子,把这件事一一向他做了汇报。孔子说:"这一定是个隐士啊。"叫子路回去再看看他。子路到了那里,老人却已经走了。子路说:"不出来做官是不对的。既然长幼间的关系不能废弃,君臣间的大义怎么能废弃呢?一个人想要自身清白,却破坏了根本的君臣伦理关系。君子做官,是履行君臣之间的大义。至于我们的政治主张行不通,我们早就明白了。"

八　逸民:伯夷、叔齐、虞仲、夷逸、朱张、柳下惠、少连。①子曰:"不降其志,不辱其身,伯夷、叔齐与!"谓"柳下惠、少连,降志辱身矣。言中伦,行中虑,其斯而已矣"。谓"虞仲、夷逸,隐居放言,身中清,废中权。我则异于是,无可无不可"。

【注释】①逸民七人,包咸说:"此七人皆逸民之贤者。"七人中的虞仲,诸儒或说是仲雍,就是吴太伯之弟。或说是仲雍的曾孙。

【译文】古今被遗落的人才有伯夷、叔齐、虞仲、夷逸、朱张、柳下惠、少连等。孔子评论说:"不放弃自己的志向,不屈辱自己的身份,这是伯夷和叔齐吧!"又说"柳下惠、少连，他们降低自己的意志，屈辱自己的身份，但他们言谈合乎伦理，行为经过思虑，不过如此罢了"。又说"虞仲、夷逸，他们过着隐居的生活，言谈随意，行为清廉，离开官位合乎权宜。我却同这些人不同，没有什么可以，也没有什么不可以"。

九 大师挚适齐^①，亚饭干适楚，三饭缭适蔡，四饭缺适秦，鼓方叔入于河，播鼗武入于汉，少师阳、击磬襄入于海。

【注释】①此章所记，如孔安国注："鲁哀公时，礼坏乐崩，乐人皆去。"鲁国三家执政，礼坏乐崩，所以乐人皆离去。"大师挚适齐。"大师即太师，是乐官之长，挚是太师人名，他离开鲁国，前往齐国。

【译文】太师挚去了齐国，亚饭乐师干去了楚国，三饭乐师缭去了蔡国，四饭乐师缺去了秦国，打鼓的方叔到了黄河一带，敲小鼓的武到了汉中，少师阳和击磬的襄到了海滨。

十 周公谓鲁公曰^①："君子不施其亲，不使大臣怨乎不以。故旧无大故，则不弃也。无求备于一人。"

【注释】①此章记周公训示其子伯禽之语。

【译文】周公对担任鲁公的伯禽说："君子不疏远他的亲属，不让大臣们抱怨不被重用。对于旧友老臣，只要没有大的过失，就不要抛弃他们。不要对人求全责备。"

十一　周有八士：伯达、伯适、仲突、仲忽、叔夜、叔夏、季随、季骅。①

【注释】①包注："周时四乳生八子，皆为显士，故记之耳。"皇疏以"乳"字作俱生讲，就是双胞胎的意思。

【译文】周朝有八位贤士：伯达、伯适、伯突、仲忽、叔夜、叔夏、季随、季骅。

子张第十九

一　子张曰："士见危致命，见得思义，祭思敬，丧思哀，其可已矣。"①

【注释】①此篇所记，都是孔子弟子的言论。

【译文】子张说："士遇见国家危险时能献出自己的生命，看见利益时考虑是否符合大义，祭祀时能想到是否严肃恭敬，居丧的时候考虑哀伤慎终，做到这样就算可以了。"

二　子张曰："执德不弘，信道不笃，焉能为有，焉能为亡？"①

【注释】①执德而不弘扬，信圣人之道而不笃厚，何能说此人有道德，又何能说此人无道德。

【译文】子张说："实行德而不能发扬光大，信仰道而不忠实坚定，（这样的人）无足轻重，有他不算多，没有他也不算少。"

三　子夏之门人问交于子张。子张曰："子夏云何？"对曰："子夏曰：'可者与之，其不可者拒之。'"子张曰："异乎吾所闻。君子尊贤而容众，嘉善而矜不能。我之大贤与，于人何所不容？我之不贤与，人将拒我，如之何其拒人也？"①

【注释】①子夏教门人，交友要谨慎选择，子张则以宽容论交。

【译文】子夏的学生向子张询问如何结交朋友。子张说："子夏是怎么说的？"子夏的学生回答道："子夏说：'能相交的就和他交朋友，不能相交的就拒绝他。'"子张说："和我所听到的有所不同。君子既尊重贤人，又能容纳众人；能够赞美善人，又能同情能力不足的人。如果我是十分贤良的人，那我对别人有什么不能容纳的呢？我如果不贤良，那别人就会拒绝我，又何谈能拒绝别人呢？"

四　子夏曰："虽小道，必有可观者焉。致远恐泥，是以君子不为也。"①

【注释】①自此以下几章，是子夏之言。

【译文】子夏说："即使都是些小的技艺，也一定有可取的地方。但是恐怕妨碍远大目标，所以君子不去从事。"

五　子夏曰："日知其所亡，月无忘其所能，可谓好学也已矣！"①

【注释】①学者每日学其尚未闻知的学问，此即"日知其所亡"。知之以后，时时温习，日积月累，不要忘记，此即"月无忘其所能"。所能是指已经闻知的学问。子夏以为如此可以说是好学了。

【译文】子夏说："如果每天都能知道一些以前所不知道的知识，每月不忘复习平日所掌握的东西，这样就可以算得上是好学了。"

六　子夏曰："博学而笃志，切问而近思，仁在其中矣。"①

【注释】①"博学而笃志"：学无止境，必须广泛求学，是为博学。将所学的学问记得很牢固，是为笃志。

【译文】子夏说："博学广识而志向坚定，有疑难立即请问师友并就自己所学寻思其义，仁德就在其中了。"

七　子夏曰："百工居肆以成其事，君子学以致其道。"①

【注释】①子夏以百工居肆成事，譬喻君子学以致道。

【译文】子夏说："百工匠师们在作坊里来成就自己的工作，君子通过学习来达到他们追求的大道。"

八　子夏曰："小人之过也，必文。"①

【注释】①小人有过，必然文饰，就是以不实的言辞掩饰其过失。相对的意义，则是君子不文过，勇于改过。

【译文】子夏说："小人对自己的过失必定想办法掩饰。"

九　子夏曰："君子有三变：望之俨然，即之也温，听其言也厉。"①

【注释】①君子给人的观感，有三种变化。

【译文】子夏说："君子有三种变化：远望神态庄严，来到面前温和可亲，听他说话之后觉得他严厉不苟。"

十　子夏曰："君子信而后劳其民，未信，则以为厉己也。信而后谏，未信，则以为谤己也。"①

【注释】①子夏以为，君子使民、事君，都要以信为先。

【译文】子夏说："君子必须取得信任之后才去劳役百姓，没有得到信任，百姓就会以为是在苛待他们。对于君主，要先取得信任，然后才去规劝他，没能得到信任，（君主）就会以为你在诽谤他。"

十一　子夏曰："大德不逾闲，小德出入可也。"①

【注释】①大德守得住，小德虽有瑕疵，此人可也。

【译文】子夏说："人在重大节操上不能超越界限，小的操行上有些出入是可以的。"

十二　子游曰："子夏之门人小子，当洒扫应对进退，则可矣，抑末也，本之则无，如之何？"子夏闻之曰："噫，言游过矣！君子之道，孰先传焉？孰后倦焉？譬诸草木，区以别矣。君子之道，焉可诬也。有始有卒者，其惟圣人乎！"①

【注释】①此记子游、子夏二人教学方法迥异。

【译文】子游说："子夏的学生，让他们做些打扫卫生和迎送客人的事情是可以的，但这些不过是末节小事，他们对根本的东西却没有学到，这怎么行呢？"子夏听了说："唉，子游的话错了。君子之道先传授哪一项，后传授哪一项，这犹如草和木一样，都是分类区别的。君子的大道怎么可以随意歪曲呢？能按次序有始有终地教授学生们，大概只有圣人吧！"

十三　子夏曰："仕而优则学①，学而优则仕。"

【注释】①做官的人，办完公事，尚有余力，则须研究学问。

【译文】子夏说："做官的人，办完公事，尚有余力，一定要去学习；学问丰足的人，应该出来做官，为国民造福。"

十四　子游曰："丧致乎哀而止。"①

【注释】①子游以为，父母之丧，孝子以能尽哀为止，不能悲哀过度，以免过于毁伤身体，甚至毁灭性命。

【译文】子游说："丧礼，只要表示哀伤之情就够了。"

十五　子游曰："吾友张也，为难能也，然而未仁。"①

【注释】①子游说，我与子张为友，因其才能是我所难及，然而，论其为仁，还未达到。

【译文】子游说："我的好朋友子张，他的才能是我所难及的，然而，论其为仁，还未达到。"

十六　曾子曰："堂堂乎张也，难与并为仁矣。"①

【注释】①曾子说，子张这人，容貌堂堂，仁也学得好，我不能与他相比为仁。

【译文】曾子说："子张外表威仪堂堂，仁也学得好，我是不能和他相比为仁的。"

十七 曾子曰："吾闻诸夫子：人未有自致者也，必也亲丧乎？"①

【注释】①曾子说，他听夫子说过，人的常情，未有自致其极者，必遭父母之丧，这才自然地尽情流露。

【译文】曾子说："我听老师说过，平常时候人不可能自动地充分发挥感情，（如果有）一定是在他的父母去世的时候。"

十八 曾子曰："吾闻诸夫子：孟庄子之孝也，其他可能也，其不改父之臣与父之政，是难能也。"①

【注释】①曾子说，我听夫子说过，孟庄子的孝行，其他的事情，别人都能做到，但其不改他父亲所用之臣，与所行之政，这是别人难能之事。

【译文】曾子说："我听老师说过，孟庄子的孝，别人也可以做到，但他不变更父亲的僚属及其政治措施，却是难以做到的。"

十九 孟氏使阳肤为士师，问于曾子，曾子曰："上失其道，民散久矣。如得其情，则哀矜而勿喜。"

【译文】孟氏任命阳肤为士师，阳肤向曾子请教。曾子说："如今在上者离开了正道，百姓们早就离心离德了。你如果得知他们犯罪的实情，就应当怜悯他们，而不要自鸣得意。"

二十　子贡曰："纣之不善，不如是之甚也。是以君子恶居下流，天下之恶皆归焉。"①

【注释】①殷纣王是殷王帝乙之子，姓子，名辛，暴虐无道，为周武王所伐，而丧天下。纣是他的谥号。

【译文】子贡说："商纣王的暴虐，不像传说的这么厉害。所以君子憎恨处在下等品类，否则天下一切坏名声都会归到他的身上。"

二十一　子贡曰："君子之过也，如日月之食焉。过也，人皆见之；更也，人皆仰之。"①

【注释】①君子有过能改，改时，像日月食后重现光明那样，人人都仰望他。君子不掩饰过失，因为他能勇于改过，所以子贡说，君子之过如日月之食。

【译文】子贡说："君子有错误时，好像日食月食一般。他犯的错误，人人都看得见；改正时，人人都敬仰。"

二十二　卫公孙朝问于子贡曰："仲尼焉学？"子贡曰："文、武之道，未坠于地，在人。贤者识其大者，不贤者识其小者，莫不有文、武之道焉。夫子焉不学？而亦何常师之有！"①

【注释】①马融注："朝，卫大夫也。"春秋时，鲁、卫、郑、楚各有一名公孙朝，所以此处加"卫"字以别之。

【译文】卫国的公孙朝问子贡说："仲尼学习什么？"子贡回答说："周文王、周武王的道，并没有崩坏，还留在人间。贤能的人可以了解它的根本，不贤的人只了解它的细枝末节，没有什么地方是没有文王、武王之道的。夫子什么不学呢？又何尝有一定的师承呢？"

二十三 叔孙武叔语大夫于朝曰："子贡贤于仲尼。"子服景伯以告子贡。子贡曰："譬之宫墙，赐之墙也及肩，窥见室家之好。夫子之墙数仞，不得其门而入，不见宗庙之美、百官之富。得其门者或寡矣。夫子之云，不亦宜乎？"①

【注释】①此处"夫子"是指叔孙武叔。叔孙夫子未入门墙，不见孔子之道，他说出那种话，不是当然的吗？孔子的道，是中国文化的宫墙。凡是未得其门而入的人，不可像叔孙武叔那样妄出言语。

【译文】叔孙武叔在朝廷上对大夫们说："子贡比他的老师仲尼更贤能。"子服景伯把这一番话告诉了子贡。子贡说："拿围墙来做比喻，我家的围墙只有齐肩那么高，一眼就能窥见房屋的美好，老师家的围墙却有几丈那么高，如果找不到门进去，你就看不见里面宗庙的富丽堂皇和百官的富盛。能够找到门进去的人并不多。因此，叔孙武叔说这句话，不也是很自然吗？"

二十四　叔孙武叔毁仲尼。子贡曰："无以为也，仲尼不可毁也。他人之贤者，丘陵也，犹可逾也。仲尼，日月也，无得而逾焉。人虽欲自绝，其何伤于日月乎？多见其不知量也。"①

【注释】①"毁"是毁谤。

【译文】叔孙武叔诽谤孔子。子贡说："（这样做）是没有用的，仲尼是毁谤不了的。别人的贤德犹如丘陵，还可以超越过去，仲尼的贤德犹如太阳和月亮，是无法超越的。虽然有人要自绝于太阳和月亮，但这对太阳和月亮又有什么损害呢？只是说明他不自量力而已。"

二十五　陈子禽谓子贡曰："子为恭也，仲尼岂贤于子乎？"子贡曰："君子一言以为知，一言以为不知，言不可不慎也。夫子之不可及也，犹天之不可阶而升也。夫子之得邦家者，所谓立之斯立，道之斯行，绥之斯来，动之斯和。其生也荣，其死也哀。如之何其可及也？"①

【注释】①陈子禽是孔子弟子陈亢，前有二问，一见《学而》篇，一见《季氏》篇，子禽是其字。

【译文】陈子禽对子贡说："您是在谦虚罢了，仲尼难道能比您更贤良吗？"子贡说："君子能以一句话表现他的明智，也可以以一句话表现他的不明智，所以说话不可以不谨慎小心。夫子的高不可及，正仿佛上天不能够顺着梯子爬上去一样。夫子如果获得封国、封邑，那就会像人们说的那样，以礼教化，百姓就能自立；以德引导，百姓就会奉行；安抚百姓，百姓就会归顺；以乐感动，百姓就会和睦。他在世时誉满天下，去世后备受哀悼。我怎么能赶得上呢？"

尧曰第二十

▇　尧曰："咨，尔舜，天之历数在尔躬，允执其中。四海困穷，天禄永终。"舜亦以命禹。①

【注释】①这是帝尧命舜之辞。命是在禅让之际，称天而命之义。

【译文】尧说："舜啊！上天的运数已经落在你的身上了。诚实地保持那正道吧！假如天下百姓都困苦和贫穷，上天赐给你的禄位也就永远终止了。"舜让位时也这样告诫过禹。

二　曰："予小子履，敢用玄牡，敢昭告于皇皇后帝：有罪不敢赦，帝臣不蔽，简在帝心。朕躬有罪，无以万方，万方有罪，罪在朕躬。"①

【注释】①这是汤伐桀告天之辞。

【译文】（商汤）说："我小子履，谨用黑色的公牛来祭祀，明明白白地向伟大的天帝祷告：有罪的人我不敢擅自赦免，天帝的臣仆（夏桀）的罪责我也不敢掩蔽，请天帝加以监察。我本人要是有罪，不要牵连天下万方，天下万方要是有罪，都由我来承担吧。"

三 周有大赉，善人是富。"虽有周亲，不如仁人。百姓有过，在予一人。"①

【注释】①这是周武伐纣誓众之辞。

【译文】周朝蒙受上天的恩赐，善人很多。（周武王）说："虽然是周家至亲的人，如行不善，也会被罪黜，虽然不是周家之亲，只要有仁德，我也会重用他。百姓如果有过错，都在我一人身上。"

四 谨权量，审法度，修废官，四方之政行焉。兴灭国，继绝世，举逸民，天下之民归心焉。所重：民、食、丧、祭。①

【注释】①总说二帝三王所行之政皆是此法。

【译文】认真检查度量衡器，周密地制定法度，人人各尽其职，全国的政令就会通行了。恢复被灭亡了的国家，承续已经断绝了的家族，举用隐逸的人才，天下百姓就会真心归服了。帝王应该重视人民、粮食、丧礼、祭祀。

五　宽则得众，信则民任焉，敏则有功，公则说。①

【注释】①宽厚待人，则得众人归附。信实待人，则得人民信任。办事敏捷，则有事功。为政公平，则民心悦服。

【译文】宽厚就能得到众人的拥护，诚信就能得到百姓的信任，勤敏就能取得成绩，公平就会使百姓悦服。

六　子张问于孔子曰："何如斯可以从政矣？"子曰："尊五美，屏四恶，斯可以从政矣。"子张曰："何谓五美？"子曰："君子惠而不费，劳而不怨，欲而不贪，泰而不骄，威而不猛。"①

子张曰："何谓惠而不费？"子曰："因民之所利而利之，斯不亦惠而不费乎？择可劳而劳之，又谁怨？欲仁而得仁，又焉贪？君子无众寡，无小大，无敢慢，斯不亦泰而不骄乎？君子正其衣冠，尊其瞻视，俨然人望而畏之，斯不亦威而不猛乎？"子张曰："何谓四恶？"子曰："不教而杀谓之虐；不戒视成谓之暴；慢令致期谓之贼；犹之与人也，出纳之吝，谓之有司。"

【注释】①子张问孔子，怎样才可以从事政治。孔子说，要尊崇五种美事，屏除四种恶事，这就可以从政了。子张问，何谓五美。孔子说，君子为政，惠民而不耗费财力，劳民而不招民怨，有欲而非自私之贪，心中安泰而不骄傲，有威仪而不凶猛。子张问，何谓惠而不费。孔子便逐条解释五美。

【译文】子张问孔子："怎样才能治理政事呢？"孔子说："具备五种美德，摒弃四种恶政，这样就可以治理政事了。"子张问："五种美德是什么？"孔子说："君子要给百姓以恩惠而自己却无所耗费，使百姓劳作而不要让他们怨恨，要追求仁德而不贪图财利，庄重但不傲慢，威严但不凶猛。"子张说："怎样叫要给百姓以恩惠而自己却无所耗费呢？"孔子说："让百姓们去做对他们有利的事，这不就是对百姓有利而不费力了吗？选择可以让百姓劳作的时间和事情让百姓去做，又有谁会怨恨呢？自己要追求仁德便得到了仁，又有什么可贪的呢？君子对人，无论多少，无论大小，都不怠慢，这不就是庄重而不傲慢吗？君子衣冠整齐，目不斜视，见了就让人生敬畏之心，这不就是威严而不凶猛吗？"子张又问："什么叫四种恶政呢？"孔子说："不进行教育便加以杀戮叫作虐；不加告诫就要求成功叫作暴；政令发布很慢却要求限期必须完成，这叫作贼；应该给别人的财物，出手时却很吝啬，这叫作小气。"

七　子曰："不知命，无以为君子也；不知礼，无以立也；不知言，无以知人也。"①

【注释】①知命、知礼、知言，三者非常重要，孔子告诉学者不可不知。

【译文】孔子说："不知晓命运，就不能成为君子；不懂得礼仪，就无法处身立世；不知晓言语，就无法了解别人。"